川柳を考察する

——かつてはあった路地の親切

Senryu wo kousatsu suru
katsute ha atta roji no shinsetsu

佐藤美文

S a t o Y o s h i f u m i

新葉館出版

川柳を考察する——かつてはあった路地の親切

■

目次

川柳を考察する——かつてはあった路地の親切

風の便り

――川柳の可能性を探る

差別語と川柳

「あたしゃ、キれました。プッツンします」といって筒井康隆が断筆宣言したのは、平成五年十月である。あれから三年数ヶ月経って『新潮』二月号に執筆再開の筆を執っている。この中にマスコミが差別語とみなした言葉が使われているが、抵抗なく受け入れることができた。執筆者に差別の意識がないことが理由のひとつだろうが、三年数ヶ月の間に差別語への反省があったからであろう。これは筒井康隆の断筆宣言で、いわゆる言葉狩りが社会に大きな関心事として記憶されたからである。

近代社会において、差別があってはならないのは当然であるが、それは言葉に対しても同じである。言葉に問題があるのではなく、差別は人の意識の中に巣くうものである。言葉を唯一の表現手段としている我々にとって、言葉の制限は致命的である。言葉を制限して、小手先での差別対策では問題の解決にはならない。セクハラや学校のイジメも具体策のないまま、現象としての事件だけが問題になっている。

川柳にとって笑いは大きな要素のひとつである。笑いに毒はつきものである。その毒のある言葉を弱者に投げつけることは、言葉の制限として我が身に跳ね返ってくることを知るべきである。（平成九年　2号）

革新と伝統の外で

川柳は二五〇年の歴史を持つ伝統文芸であることは、いまさら言うまでもない。私たちはその歴史を作句の中で意識することはないが、革新川柳とか伝統川柳とかと言われると、やはり歴史の重さを感じないわけにはいかない。

現在の川柳界は、伝統と革新の拮抗した世界で、作句という営為を続けている。伝統派は今日性を盛り込みながらも、伝統的な手法で、先輩たちが育ててきたものを受け継ぎ、次代にそれを手渡そうという努力をしている。一方、革新派は伝統は伝統として、その上に意識的に何か新しいものを積み上げようとするものである。

革新と伝統、この二つの陣営はいま、接近しながらも平行線を保って、どちらもすでに既成化している。革新は何を革新するのか、その鉾先が鮮明でない。わずかに作句の手法だけに特色を見せているだけで、何かを変えて行こうという意欲が感じられない。

ところが、最近、伝統とか革新とかの喧騒を避けたところで、新しい人たちの作品が目を集めている。彼らは伝統・革新といった既成に興味を示さない。柄井川柳も井上剣花坊の存在さえも関心がない。自分の作品だけにこだわる姿勢である。

批判もあろうが、いや、それゆえに期待が膨らんでくるのである。

（平成九年　6号）

清水美江先生のこと

古い『さいたま』を読んでいたら、しきりに清水美江先生のことが思い出された。先生は『さいたま』の生みの親として知られているが、それ以外のことで政治的に動いたことはない。政治的活動を嫌っていたのは、自らが公務員であり、その内情を知りすぎていたからだと思う。読売新聞埼玉版の選も、政治的な運動の結果として任されたわけではない。日頃の川柳活動が評価されてのものである。純粋に川柳を愛していた結果である。その純粋さが政治を嫌っていたとも言える。

美江先生の政治嫌いは、埼玉県内の川柳の社会的認知を遅らせていたかもしれないが、現在、社会的に評価されながら、川柳がそれに追いついていけない現状がある。美江先生の指導力は、句を作り続ける先生の姿勢にあったのではなかろうか。古き良き時代などというと、敗者の弁になるが、あれだけ一途に川柳を求めていた人をほかに私は知らない。

川柳を社会的に評価させることと、いい川柳を求めて行くことはまったく別個の問題である。社会は必ずしもいい川柳を必要としていない。それを必要としているのは、川柳を作っている我々である。と、美江先生は思っているに違いない。

（平成十年　7号）

川柳は詩であるか

ある人が川柳にはポエムがない、と言った。その人は詩をかいているのだが、私はこの言葉に反論しなかった。川柳を一面的に見れば、それを否定できない部分があると、日頃から思っていたからである。川柳は本来、理知の文芸である。前句附は、その附け合いの妙を楽しむもので、理知的な面白さを狙ったものである。世情を正視して、鋭く切り取った断面から、詩情が伝わるべくもない。

上役の知らぬ忠直行状記　美江

この句は菊池寛の小説『忠直卿行状記』が下敷きになっている。ここには西洋的ポエムとは違う、香り立つ品格がある。それが解るには最低限、この小説の内容を知っていなければならない。川柳が大人の文芸であるといわれる所以である。

どういうときに詩を感じ、ポエムの琴線に触れるかは、人さまざまである。価値観の多様は、詩を生み、和歌を吟じ、俳句を詠み、川柳を吐く。表現方法によって、さまざまなジャンルが存在する。川柳は詩である前に、文芸としての高さを保っていなければならないと思う。

（平成十年　12号）

季語と季節感

川柳雑誌『風』12号で袷は夏の着物と書いたら、袷は秋・冬の着物ではないかというご指摘をいただいた。書くときは辞書で確認をしたはずと思いながらも、もう一度辞書を引き直したら、やはり夏の季語になっている。ほっとしたものの、念のために歳時記を繰ってみたら、やはり夏になっている。しかし説明を読んで愕然とした。「…しかし今では袷は春着るのが普通であり、都会人は冬でさえ袷を着ている」（新潮社編『俳諧歳時記』夏）とある。事実と知識のずれの恐さを改めて知らされた。

日本は四季の分かれ目が鮮明で、四季折々にたのしみを与えてくれる。それは季語を育てた土壌でもある。一方で、栽培技術の進歩や品種改良、保存方法の進歩は、トマトやきゅうりや秋刀魚に至るまで、いつでも新鮮なものが味わえるようにしてくれた。そして冷暖房の普及で、夏でも長袖上着を着用するようになり、冬でも半袖やノースリーブ姿のタレントがブラウン管のなかで笑ってみせる。交通機関の発達は人や物の移動を容易にし、激しくした。赤道を越えれば季節は逆転する。夏から冬へ、ジャンボ機は数時間で運んでくれる。私たちの生活に季節感が、だんだん稀薄になってきている。

春夏秋冬の自然の巡りはこれからも続くだろうが、我々を取り巻く四季の移り変わりの環境も、少しずつ変化してゆくだろう。それに合わせて意識の変革も当然ある。旧暦に合わせた季語に、新暦の生活のリズム感との間の齟齬はあった。季節とか季節感を句の中に織り込むのが、ますます難しくなってきている。

（平成十一年　13号）

変わっていくために

一昔前の時代劇のヒーローと言えば、鞍馬天狗や丹下左膳、机龍之介や国定忠治であった。彼らが小説や講談、映画のスクリーンで大暴れすると、拍手を送ったものである。彼らに共通するものは、アウトローであるということであり、時代の反逆者であった。体制とか巨悪へ天罰を加えることに、日頃の不満に溜飲を下げていたのである。

翻って昨今のテレビから時代劇の番組を拾うと、銭形平次、遠山の金さん、水戸黄門、暴れん坊将軍などである。銭形平次は銭を投げ、十手をかざす。金さんは桜ふぶきの刺青を披露、黄門様は印籠を見せることで、悪人どもをひれ伏させる。暴れん坊将軍にいたっては、八代将軍吉宗が市井の町人に成り済まし、悪を暴くという荒唐無稽なおとぎ話である。最終的には身分をあかすことで、悪人を懲らしめている。いずれも権威への憧れというワンパターンである。

バブルが弾けたとは言え、現在は比較的落ち着いた世の中といえる。世の中が平穏であれば、それを壊したくない気持ちが働き、保守的な心理に支配される。時代劇の流行にも変化を望まない、庶民感情が読みとれる。国会も、幾つもの政党がひしめいているが、革新的色合いの薄れた政党が、重箱の隅を突きながら、議論を弄んでいるだけである。大宅壮一風に言えば、一億総保守なのである。川柳界でも、川柳の隆盛に胡坐をかいている節がある。川柳が文芸であるためには、時代に迎合せず、常に変わろうとする意欲を持ち続けなければならない。変わっていこう、変えていこうとするマグマが、川柳を支えていると思いたい。

（平成十二年　19号）

ある可能性

『俳句と川柳』（復本一郎著・講談社現代新書）という面白い本が出た。俳句と川柳を比較して、その違いを明らかにしようとしたものである。

川柳と俳句が比較されるのは、五・七・五という詩型が同じであることに、ジャンルの混乱が集約されているからである。川柳が俳句に近付いているとか、俳句が川柳の領域に侵入してきたとか言われる。そのどちらにしても、その境が曖昧になっていることは間違いない。そこで、俳句とは、川柳とはと、それぞれ拠って立つところを模索しはじめている。この本もそのことのあらわれのひとつである。

著者は、歴史的に俳句と川柳の違いについての意見を紹介しながら、現在のその違いは「切れ」の有無であると言っている。「切れ」とは切れ字に代表される断絶と句の独立性だという。

理屈としては理解できるが、決定的な違いにはなっていないように思うし、新たな疑問も生まれてくる。まだまだ論じてゆかなければならないだろう。

川柳と俳句という二つの流れは、ときに近づくように見せ、あるいは大きく蛇行して、お互いに牽制しあいながら、行き着く処を求めているように見える。

唐突のようだが、川柳と俳句が区域争いをしているうちに、十四字詩が陽の目を見る可能性が浮上してくる。となれば、そんな漁夫の利を素直に受けない手はない。そのためには、十四字詩が、作品に裏打ちされた理論を展開し、確立しておかなければならない。

一冊の本から広がった私の大きな初夢である。


（平成十二年　20号）

川柳文学館への夢

三月十五日、鎌倉文学館で井上剣花坊展を観てきた。前から計画していたもので、心配していたお天気にも恵まれ、四月中旬の陽気とかの晴天に恵まれた。普段の行いのご褒美かもしれない。

これは「鎌倉文学館収蔵品展」と銘打ち「井上剣花坊と鎌倉ゆかりの俳句作家たち」として催されたものである。期間も平成十二年十二月八日から平成十三年四月二十二日までで、この種の展示としては比較的長い期間である。

特別展示室1は鎌倉ゆかりの俳人たちで、特別展示室2を一室剣花坊の紹介に充てていた。展示品も短冊、色紙、掛軸や写真、雑誌類である。剣花坊の業績の概ねを知ることが出来るし、井上信子や大石鶴子の写真や短冊などもあり、川柳改革期から近代川柳の辿ってきた道程も理解できるようになっている。

こうした場所で、川柳が公開されることはうれしいことである。欲を言えば、剣花坊の略歴や業績、あるいは信子や大石鶴子との関係をまとめたパンフレットでもあれば、もっと川柳が一般に浸透する手助けになったのではないかと惜しまれる。何処の市町村も赤字財政で苦しんでいる昨今、そこまで望むのは無理かもしれないのだが。

井上剣花坊や阪井久良伎、そして六大家と言われている人たちと、それを取り巻く川柳を支えてきた多くの先達がいる。それらの人たちはいま二、三の作品で紹介されている程度である。そうした人たちの作品をじっくりと鑑賞する機会を与えてくれる場所がほしいものである。川柳文学館もしくは資料館が必要である。それもまだ夢みる段階でしかないのか。

（平成十三年　26号）

作品は誰のものか

ある雑誌に俳句を投稿したら、選者に添削された作品が掲載された。これに対し作者は改変作品を掲載した雑誌の発行所と選者に、著作者人格権を侵害されたとして、損害賠償を求めて提訴した。一番では、俳句の添削指導の慣行や入選句掲載の実情を容易に知る立場であった選者は、添削及び添削後の雑誌掲載に少なくも「黙示的承認」を与えていたと推認し、俳句を改変した行為は同一性保持権の侵害には当たらず、俳句を雑誌に掲載し、これを販売した行為は著作者人格権を侵害するものではない旨判じた。作者は控訴し、雑誌は一般向け商業誌であり、作者は俳壇に属さないアマチュア俳人であり、作者と選者の間に師弟関係は存在しないことを主張した。選者と出版社は、選者が俳句の選定に際して添削を行なう慣行は「事実たる慣習」に当たると主張した。控訴も上告も棄却され裁判は終結した（『別冊ジュリスト』一五七号）。

作品は俳句でも川柳でも、これを制作した作者のものである。選者だからといって、添削もしくは改作は許されない。川柳教室などでは、添削を中心に行なわれていることが多い。この場合、双方が納得の上ですすめられているので、これにより、添削以前の作品と添削された作品の違いが具体的になる。添削は指導の場では不可欠である。

これを不特定多数の人の作品が発表される雑誌の選にまで拡大されるのは、作者の創作意欲に水を差すばかりではなく、人格権を侵害されたと言われても仕方がない。この裁判の結果で、選者が作者の諒解なしで改作されることがまかり通るならば、短詩型文芸は芭蕉や子規の時代と変わらない後進性を背負うことになる。

（平成十三年　28号）

自分の穴の中で

世界地図を広げてみると、日本は小さい国だと思う。しかし、日本地図を広げてみれば、これが結構広いのだ。自分が行った所を拾い出してみればわかる。まだまだ行ったことのない場所が多いことを知る。そしてその知らない所に、どれだけ行けるか考えれば、これもかなり限定されてしまう。

蟻は自分のテリトリーを出ることなく生涯を終わるし、渡り鳥だって、実直なサラリーマンのように一つの道しか知らない。そこへゆくと、人間の行動範囲の広いことに改めて驚く。地球の上だけでは飽き足らず、月や火星にまでその行動範囲を広げようとしている。人間の欲望の果てしなさというべきか、ロマンの壮大さと言うべきか、可能性の大きな生き物なんだなあと今更驚いてしまう。

一方で、一つところに的を絞って、そこを深く掘り下げている人もいる。細分化された専門の分野で、こつこつとその道を極めようとする人だ。文学もしくは文芸で大きく括っていた時代から、散文、詩、短歌、俳句、川柳その他と、ここでも分野が多岐を極めている。その一つを極めようとすれば、その穴の先はまた迷路に分かれている。その迷路はどこまで続いているのだろうか。

川柳という小さな穴に迷い込んだと思っていたら、その奥の深さと、幾つもの迷路に迷っている人も多いのではなかろうか。多くのことを知ることも尊いことだけれども、こつこつと自分の道を究めることも大切である。オタクとか専門バカとかそしられながらも、迷路の先へ関心を持つ人がいることで、川柳の将来も明るいものになってくるのだと思う。

（平成十四年　33号）

男と女

川柳大会に参加するつもりで朝早く家を出たのだが、乗車券を買う前に気が変わって、そのまま帰ってきたことがある。

そのまま家に帰るのはいかにも体裁が悪いので、大宮公園を散歩していたら、公園のグラウンドで、中学生だか、高校生だかの女子生徒がソフトボールの試合をやっていた。

しばらく見ていくことにした。若い人の元気な動きは活発で、いい試合であった。ベンチの声も元気があって、応援合戦にも熱が入っていた。その言葉を聴いていて感じたことがある。

彼女たちもユニフォームを脱げば普通の女子生徒なんだろうけど、彼女たちの言葉は男子の野球の試合で交わされる言葉と変わりなく、いわゆる男言葉が飛びかっていたのである。白熱した試合運びの中で、優しげな言葉で選手を励ましてもあまり効果はない。直截的で分かりやすい言葉を投げてやれば、グラウンドの選手の動きも活発になるというものである。

国会でも土井たか子さんが衆議院議長のころ、敬称を「さん」に統一していたことがあった。「さん」なら男にも女にも使える。これは一つの改革である。議長が男性に変わったら、また「くん」に戻ってしまったことは残念である。

　意識の変化はまず言葉に現われる。言葉が変われば、その人の考えも変わったと思っていい。そして男と女の言葉に際立った差異のないということは、考え方も接近したということである。川柳作品もそうである。男性作品と女性作品という区別の仕方から、個々の資質の違いへと意識を組み替えてゆかなければならない。


（平成十四年　34号）

趣味は読書

　何かの書類で職業欄に「無職」もしくは「無し」と書くのに何となく抵抗がある。恥ずかしいような、申しわけないような、じれったいような気持ちである。就職する意思がないのだから、職業があろうが無かろうが、大きなお世話ではないかと言いたくなる。

　それと似たようなことで、趣味を訊かれたときにも口ごもってしまう。いまさら川柳を趣味と書くのも躊躇されるし、川柳は趣味の範囲を超えて、生活の一部になってしまっている。しかし川柳を除くとそれらしいものがなくなる。したがって読書と書くことになる。本を読むことが好きだからである。これは自分の無趣味を暴露しているようにも思えるのだが仕方がない。

あるとき読書は趣味かよ、と問われて、これも口ごもることになった。読書は教養を高め、知識を深くするためのものであるという。日に三度食事をするように、生きてゆくために不可欠なものであるという。そう言われてみればそのとおりに違いないのだが、私の場合の読書はそんな高尚なものではない。寝転んで読むようなものばかりである。けっして血となり肉となるものではない。私の読書は趣味の範囲を出るものではない。

読まなければならない本、読んでおいたほうがいい本が山と積まれている。ときにはうんざりすることもあるが、これだって毎日ジョギングするよりもはるかに楽である。そう思えるのも趣味の読書のおかげであると思っている。

しかし今は趣味と言えるほど本を読まなくなった。それでもやはり趣味は読書と書くしかない、そんな無趣味な空間にいるのである。

（平成十五年　41号）

虚と実

嘘を書けと言った人がいる。そうしたら嘘を書けとは何事か、と気色ばんだ人がいる。川柳に嘘を書いてはいけないというのだ。どちらが正しいのだろうか。

嘘を書けと言った人は、創作である以上事実である必要はない、というより、虚構から真実を引き出すのが創作であると考えてのことに違いない。一方、嘘を書いてはいけないと言った人は、情報としての嘘である。たとえば猟師が野猿に鉄砲を向けたら、銃口の先で猿が拝むように手を合わせたという句がある。また、利き酒をしすぎて二日酔いになったという句、一万円札を輪転機で印刷という句。これらの句には事実と違うものがある。最初の句では、猿は猟として撃ってはいけない動物だから、猟師が鉄砲を向けるはずがないのだ。同様に、利き酒は口に含むがけっして口に含んだものを嚥下することはない。酔っ払って利き酒が出来るわけがない。そして紙幣を輪転機印刷するとは論外である。新聞や雑誌並みに紙幣を印刷していたら、我が家にはもっと一万円札がまわってくるはずである。紙幣は一枚一枚、枚葉機で刷られ、印刷後も丁寧にチェックされて世に出るものである。こんな嘘は句にしてはならないということである。

恋をしていなくても恋の句は書けるし、孫がいなくても孫の句を作ることはできる。そうしたシチュエーションを心の中に組み立てることによって、創作は成り立つものである。題詠、雑詠を問わず、心の中に虚構を作ってこそ、作句という営為は続けられるのである。そこに気付かないうちは、説明句、報告句の沼から抜け出せない。事実をきちんと捉えた上で虚構を組み立てることである。

（平成十六年　42号）

表現の自由

若い頃ダンプカーに乗ったことがある。友だちがダンプカーを運転していて、その助手席に乗せてもらったのだ。

昭和三十年代の後半は東京オリンピックに向けて、日本中がホテル建設ブームで砂利の需要が高くなっていた。あちこちの川原が砂利採掘で穴だらけになり、その砂利を運ぶダンプカーが町の道路を我が物顔で走っていた。

ダンプカーの運転席は人の背丈より高い位置にあり、そこからは世間を見下ろす格好になり、気分のいいものである。狭い道路では自転車を降りて、ダンプカーに道をあける人がいたり、塀ぎりぎりに身を寄せて身を守る姿が見られた。ここへ座ると誰もが少し強くなったように錯覚するのではなかろうか。

週刊文春が出版差し止めになった。田中眞紀子衆議院議員の長女が、プライバシーの侵害を理由に裁判所に週刊文春の出版差し止めの仮処分の訴えを起こした。それが認められた結果の措置である。文藝春秋は異議の申し立てをしたが、三人の裁判官によって棄却された。これは表現の自由と、プライバシー保護の両面から問題になり、話題を集めた。裁判所は、プライバシー保護の立場に立って判断したものである。週刊誌という巨大なダンプカーに対し、裁判所は自転車の人を保護する立場で判断したものと思いたい。巨大なメディアは権力と同じである。文藝春秋では「将来の公益性を予測して」というが、予測は多くの人に当てはまることである。それを理由に言論の自由の美名を利用してはならない。言論の自由は表現者の掌中の珠である。出版権力の弄ぶものではない。

（平成一六年　44号）

故きをたずねて

川柳雑誌『風』46号の特集は「川柳と俳句の違い」でお茶を濁したが、意外な反響に驚いている。川柳の歴史はつまらないとか、難しいとか言われて、あまり関心を持たれていないと思っていた。それが分かりやすく面白かったという反響があって気を好くしている。

川柳と俳句の違いを一口で言えば、俳諧の発句と平句の違いである。その辿ってきた道程で川柳を理解してもらえれば、自ずからその違いは分かってもらえると思っていた。その思いは空回りしたようだが、それでも川柳の歴史について関心を持ってきた人が何人かおられた。

日本の歴史を難しくやっかいにしている理由の一つに、年号がある。西暦だけでなく、元号と合わせて記憶しなければならないからである。関ヶ原の合戦が西暦では一六〇〇年と覚えやすいのだが、慶長五年であることも同時に記憶しなければならない。おまけにこの年号には似たようなものが多い。江戸時代でも明暦と明和はどちらが先だったか悩んだりする。ニキビ華やかにして記憶力に自信のあるころならいざ知らず、掛けている眼鏡を探しまわる年代になるとやはり気後れがする。

ところがこの年号も慶長は関ヶ原と同時に家康が幕府を開いた時代であり、明和は川柳華やかな時代と記憶すれば、意外と便利である。歴史は細かい事実を記憶するのではなく、時代の流れを掴むことであり、そこに何があったかを学ぶことではないかと思う。時代の流れの中で、川柳がどうして生まれ、時代とどう関わって変化したのかを知れば、川柳の何たるかの輪郭が見えてくるのではないだろうか。

（平成十六年　47号）

川柳の基本

川柳の基本は何だろうか。私は定型ではないかと思っている。何事も基本から始まるのが通例である。川柳は定型詩である。五・七・五にたたまれた宇宙が表現のグラウンドである。まずは定型を身につけることが基本であり、すべてのスタートになる。まずは定型を自分のものにすることである。

川柳が五・七・五の十七音の定型であることは、川柳をやっている人なら誰でも知っている。川柳教室などでは指を折りながら作っている人を見かける。しかし実際に発表されている作品を見ていると、必ずしも定型に収まった作品ばかりではない。なぜだろうか。指導が甘いということもあるかもしれないが、定型という箍が緩いからではなかろうか。中八や座五の字余りが結構含まれている。定型が基本であるから、まず守ることが大切であるが、それ以上に定型を楽しんで作るという姿勢がないからではないだろうか。定型に折りたたむことが楽しければ、自然と定型が身につくものである。

車の運転を覚えるのに、頭でやらなければ、こうしなければと考えているうちは、なかなか思うようにはいかない。運転がうまくなるころは、頭で考えるよりも先に身体が反応して、ハンドルを回したり、ブレーキを踏んだりしている。これが車の運転を自分のものにしたということである。

川柳を定型で作ることも、だから何回も反復することで、自然に身につくものである。身体で覚えたものは忘れることはない。中八や字余り、字足らずの作品には、自然と拒否反応を起こすものである。なぜ定型でなければならないか考えるのは、それからでも遅くはない。

（平成十九年　60号）

師は必要か

『川柳マガジン』十一月号に「川柳に師は必要か」を特集していた。私がショックを受けたのは、師は要らないと答えた人が半数近くを占めていたことである。確かに教える人や指導する人がいなくても川柳は出来るし、自由でいいかもしれない。努力すればうまくもなれる。しかし自由であればいいのか。うまくなればいいのかという疑問が残る。師弟関係は人間関係である。その関係から醸し出されるものが、川柳に対する姿勢を作っているものだと考えている。私の場合はいい師に出会えたからこそ川柳が続けてこられたし、続けていくことに意義を見つけている。

テレビに「開運なんでも鑑定団」という番組がある。自分のお宝が何ほどの値打ちがあるのかを鑑定するので、その値打ちを金額で評価する。この番組に見られるように、自分の価値観が信用できないから、権威のある人に評価してもらうというシステムである。川柳界でも誰々選で天になったと自慢している。確かにいい作品がそうした評価を受けるのだけれど、やはり実力に裏打ちされたものがほしいではないか。そうした眼を養うには、きちんと基礎から組み立てることであり、いい師に巡り合うことだと思う。高校や予備校・学習塾では授業料を払わなければならない。お金を払う以上、それだけの見返りがほしいと考えたとしても不思議ではない。しかし、そんな関係から師弟感情は生まれてこない。師弟関係は、信頼関係から生まれてくるものである。信頼や尊敬に値する師にめぐり合うことで、川柳が一層いいものになると思う。

（平成二十年　66号）

髪を染める三題

もう十数年も前のことになる。弟と出かけたことがある。彼が髪を赤く染めていたので「その髪の毛は何だ」と小言を言った。当時は髪を染めているのは珍しく、行き交うひとが振り返って見るほどであった。弟は私の言葉に苦笑いしただけだが、しばらくたってから、彼の長女が美容師になったという話を聞いた。

中学時代からの友人Ｓはタクシーの運転手をしていた。六十を過ぎても個人でタクシーを転がしていた。その彼が髪を染めているので「いまさら髪を染めても仕方がないだろう」とからかう調子で言ったら「髪の毛が白いとお客さんが心配する」のだと言う。タクシーもサービス業である。お客さんに不安を与えてはいけないのだ。

先日、兄の葬儀で郷里へ帰った。久し振りに会った姪はまだ五十前のはずである。その彼女に白髪を見つけたので「Ｍ子、白髪が出てきたな」とからかうと「染めているから分からないけど白髪がいっぱいよ」という。よく見ると毛根のあたりに白いものが目立っていた。彼女の夫は二年前に胃の手術をしてまだ働いている。おまけに大学生の息子が二人に高校生の娘がいる。彼女も介護士の資格をとって頑張るなど、苦労をしているようである。

髪の毛を染めるだけでも、聞いてみればいろいろな事情がある。川柳界にもいろいろな主張が賑やかである。聞いてみればその裏づけもしっかりしている。それらをすべて容認したい。中には一つのことにこだわって禁忌事項ばかりを増やしている人もいるが、そうした主張を含め、広い視界をもって接していきたい。

（平成二十年　69号）

表現の自由Ⅱ

中学生の夏休みの宿題ではないけれど、漢字の読み方について考えてみたい。漢字の読み方について、川柳界でも意見がいろいろあるようだが、他のジャンルでも同じ悩みを抱えている。

ある催し物のタイトルを付けることになって「…の詩(うた)」というのが提案された。発言があって「詩」を「うた」と読ませるのに抵抗があるという。それに続けて、孫をコと読ませたり、女をヒトと読ませるのは演歌の悪しき慣行のせいである。この伝でいけば、福田首相(当時)にバカとルビを振ってもいいではないか、と。福田首相の場合はいいんじゃない、と思ったけれどそれは口にしなかった。

この人は歌人だったので、そんな立場で詩と歌では意味が違うんだと言いたかったのではないかと思う。川柳界でも同じ問題で頭を悩ませている。これはどのジャンルでも共通する問題である。どの分野であれ、文芸である以上、表現は自由でなければならない。ただし、ジャンルの垣根を越えなければという条件がつく。

短歌や俳句、川柳は普通、選という関門を通らなければならない仕組みになっている。関門で常識を大きく逸脱したものは、この関門を通れないはずである。いくら自由であってもこの関門があれば大丈夫である。

しかし自選があるではないか、と反論があるかもしれない。それはそれでいいではないか。やはり作者の思いを伝える道は空けておかなければならない。いけないものであれば読者が淘汰してくれる。表現の世界において、自由である部分は大切にしたい。つまらないべからず集を蔓延させてはならない。

（平成二十年　70号）

川柳文学賞を受賞して

北海道へ行ってきた。六月二十八日の全日本川柳大会に出席するためである。青函トンネルを出て、最初に眼にした地名は木古内である。そして黄色い花の歓迎を受けた。菜の花がまだ咲いているのかと思ったが、そうではなく、線路の端や道路の脇に可憐なたたずまいを見せていた。何の花だかいまだにわからないのだが、北海道の第一印象を感動的なものにしてくれた。

最初は出席を予定していなかったのだが、川柳文学賞受賞が決まったというので、急遽予定を変更したのである。あまりに現金すぎる行動で恥ずかしい気がしないではない。いや、こんなチャンスはこれからもあるとは思えない。素直に喜ぶことにした。

川柳文学賞は前年に出した個人句集が対象である。枯木も山の賑わいというわけではなく、この時点ではある程度の期待はあった。しかしながら、あとで応募者リストを見て諦めた。私が高く評価している人の句集があったり、実力者、句達者の句集が入っていたからである。あとで講評を聴いて、私の思いは間違いでなかったことを知った。句巧者の作品が予定どおり評価されている。私の句集が幸運だったのは、作品に対する姿勢が評価されてのことである。そのことが今回の受賞を余計に嬉しいものにした。自分の姿勢が間違っていないことの証明ができたし、そういう気運が盛り上がってきたからでもあろう。句会至上主義、テクニックに頼りすぎた作品が、必ずしも作品の評価でなくなってきたことである。地道に自分が主張してきたことが評価されたことはうれしい。これからも自信をもって、後継者の育成に生かしてゆきたいと思っている。

（平成二十一年　76号）

言葉の力を信じる

全日本川柳仙台大会が無事に終わった。例年とは違う思いでこの大会が無事に終わったことを喜んでいる。さまざまに危惧された中で行われたこともあるが、そればかりではなく、今後の全日本川柳大会に大きく影響するのではないかと思われていたからである。

しかし、いざ蓋を開けてみるといつもと違わぬ、いやそれ以上の成果を参加者が持ち帰ることが出来たのではないだろうか。そんなことを確信できる大会だったと思う。川柳人の力、川柳人の友情、そして川柳の力強さを感じた。多くの参加者もそう思ったに違いない。日川協、地元の実行委員会のやろうとした、そしてやり遂げた勇気と実行力に、心から感謝したい気持ちである。

実行委員長の挨拶の中で「言葉の力を信じる」とあったが、私たちは日頃、言葉を通して表現してきた。言葉を武器にしてきたと言い換えてもいい。だから信じるものでなければならないのだ。改めてそのことを思った。

話は変わるが、久し振りに寄席に寄ってみた。広くもない客席だったが、ほぼ満席で笑いの渦に巻き込まれた感じである。出演者もテレビでは見られない顔ぶれである。もっともテレビで見る落語家たちは落語が話せるのだろうかと思うほど、テレビでは落語をやらない。たっぷりの時間、噺を堪能した。彼らの話芸の磨かれた話しぶりに感動しながら笑いこけた。ここでは言葉だけではなく、鍛錬の成果がそれを可能にしたのだとも思った。落語を聴いたからといって川柳がうまくなるとは思わないけれども、言葉に対しての自信のようなものがついた。これがプラスにならないわけがないし、さまざまな形を変えて、私の味方になってくれるだろう。

言葉の力を信じて川柳を作り続けてゆきたい。

（平成二十三年　82号）

京都を川柳する

京都行きは夏頃から決めていて、十一月にホテルや切符の手配を済ませていた。ところが十二月十一日に義母が亡くなって、旅行も断念しなければならないかと思っていたのだが、お寺詣りは仏の供養にもなると、勝手な理屈をつけて、ともかく出かけることにした。

連れは妻のすぐ上の兄であり、私の旧い友人でもある。彼との京都行きは今回でじつは三度目。川柳には無縁の男だが、歴史に関心が強く、殊に明治維新辺りの歴史に詳しいので、連れとしては申し分のない相手である。

一九九七年十二月三十日、東京駅から新幹線に乗り込む。電車に乗って一番最初にやったことは、朝食をとることであった。連れが用意した握り飯は梅干が大き過ぎたが、魚沼産こしひかりは、寝覚めの悪い胃袋にも素直に収まって、キオスクで買ったお茶もご機嫌である。

途中名古屋に止まっただけで、京都に着いたのは九時四十分頃。そのまま奈良線に乗り換えて宇治駅で下車。雨が降っている。鞄の底から折畳式の傘を出して平等院まで歩く。鞄を肩からぶら下げ、傘を差して歩く姿は絵にならないばかりでなく、疲れる。途中、宇治橋から参道らしい細道に入る。土産物屋はすでに店を開けている。

平等院は修学旅行以来である。その修学旅行は伊勢湾台風のあった年だから、もう四十年近い年月が過ぎているが、建物の印象は変わっていない。周りの景色は旧い記憶を呼び戻すのを拒否するように、すべてが新しくなっている。鳳凰堂の中では古いレコードのように、このお堂の故事来歴やらを説明している。お堂の中からも庭からも見える池の水が、工事の為に涸れているばかりか、黒いビニールの覆いがかけてあって、交通事故現場のような痛々しいものを感じさせる。骨ばかりの落葉樹の風景が、寒さに追い討ちをかけてくる。

古い地図記憶の先をくすぐられ
宇治川に古い記憶が流される
雨重しかばんも傘も肉を責め

雨の中を宇治駅に戻って、奈良線で京都方面に引き返す。京都駅の一つ手前が東福寺駅なので、ここで電車を捨てる。道を訊き訊き東福寺まで辿り着く。雨は上がっていたが、空のご機嫌はあまり良くない。いつ降り出すか分からない厚い雲が不安である。

十一月頃、紺野美沙子さんを案内役に、ＮＨＫで東福寺の紅葉を紹介していた。その時も雨が降っていたが、鮮やかな紅葉が雨を集めて重々しさも加えて、とても印象的であった。ただそれだけの知識でここまで足を伸ばしたのである。

「六百年前に、桜を全部、切りました。春より秋を選んだお寺です。」とこれはＪＲの広告コピーである。すでに落葉樹は裸で、境内は新年を迎える準備が終わって静かである。観光客もぽつりぽつりといるほかに、近所の子どもが飛び回っているだけである。山門を近くから仰ぐと、その大きさが実感できる。

静かな伽藍を一回りしていると、どこからか鞍馬天狗が現われそうな雰囲気である。

自動車も絵に溶けこんで東福寺
紅葉狩り君と約束してしまう
二の腕に痩せたポパイが呼吸する

芸もなく同じ道を引き返して、東福寺駅で東寺までの道程を聞く。すぐ近くだと思っていたら、歩いて行ける距離ではなさそうだ。駅員さんに教えられたバスに乗って東寺へ向かった。なるほど結構な距離である。バスは十五分ほどで、九条大路に着き、五重の塔が姿を見せた。

京都と言えば、遠景に東寺の五重の塔が見える絵はがきを思い描くほど、ポピュラーになっている景色だが、訪ねるのは今回が初めてである。歴史もあり、その場面場面で重要な役割を果たしてきているのに、何度かの兵火で時代的には新しいものばかりになってしまって、修学旅行のコースにも入っていないようである。ここも年末の静かさの中にあった。広い境内を歩くのに、やはり傘が邪魔である。

南大門を出たお堀端に見慣れない鳥が、羽根を休めるように立っていた。鶴のように細くて長い脚に、白い羽根が脚の長さとは対照的に、こじんまりとまとまっている。あまり見かけたことのない鳥である。

つうという鳥を待たせて茶屋遊び

陽は西へ五重の塔は燃え残る
よこしまな野心を笑うピラカンサ

この南大門前の通りにバス停がある。どこに行こうか迷ったが、とにかく京都駅前に戻ることにした。駅に着いてもまだ三時半である。宿へ行くには少し早いし、余所へ廻るには時間がない。冬の午後は暮れやすい。

近くに東本願寺があるのを思い出して、そこまで歩くことにした。

京都の駅前は地下道が張り巡らされていて、冬の寒さを避けるには丁度いい。地下道を矢印の案内通り地上に出ると、目の前に東本願寺の土塀が伸びている。その土塀に沿っていくと、御影堂門の偉容が目に入る。その門をくぐると、御影堂と阿弥陀堂がその偉容を競うかのように並んで立っている。鳩の群れが飛び交い、観光客の姿もちらほらと見える。

お堂の廊下から中を覗いていると、それを咎めるようにして、扉を一つ一つ閉めていく。時計を見ると四時である。急に辺りが夕方の気配を濃くしているのに気が付いた。阿弥陀堂の階段に座って、しばらくはそこからの景色に浸る。

一九九七年　鳩の餌売れ残る
静けさを分け合うここは自由席

洛中の雨を集めて暮れいそぐ

ふたたび京都駅に戻り、地下道を八条西口に出て、ここからタクシーで宿に向かう。宿の送迎バスがこの近くから出ているので、こちらが宿に近いものと決めて車に乗ったのだが、実は烏丸口の方が近いことを後から知った。ホテルは東山を越えた、その麓の静かな所にあった。夜遊びに出かけるのが、億劫になるような所である。部屋は六階の一番奥。部屋の窓からは分譲住宅風の家が密集している。その住宅街の脇の小山の雑木林に、柿の木が赤い実だけを残して、アクセントになっている。

電車の中からも、バスの窓からも、色づいた柿の実をよく見つけた。子規の句を思い出すまでもなく、この辺は柿の産地としても知られている。庭先にたわわに実った柿の木を見るのは楽しい。春に一関を旅をしたときに、バスの窓から満開の山桜を見た。そのときもとても心が和んだことを覚えている。こんなときにエトランゼの心境になる。土地の人には見慣れた景色ではあっても、旅人は感傷的になりやすい。

ドア閉めたプライバシーが狭すぎる
政治論とぎれ鷹山の話する
タクシーの中へ忘れた京訛り

翌日はホテルの送迎バスで京都駅前に出る。ここから観光バスに乗ることは、前日から決めていた。コースも「石庭と天龍寺」。京都の庭巡りである。このコースを選んだのには理由がある。

昭和六十三年に神戸で第三回国民文化祭が行なわれ、それに参加した。翌る年に第四回国民文化祭が埼玉県で行なわれるので、そのための下見の見学を兼ねての出席である。山崎凉史さん、篠崎堅太郎さん、千島一平さんに私が加わった四人である。文化祭が無事終わって、その日は大阪に泊まる。翌日、京都に出て京都観光をすると言う堅太郎さんに、他のメンバーもそれに合わせることにした。その時のコースが庭巡りだったのである。そのコースをもう一度辿ってみたいと思っていたのである。

大晦日だというのに京都の観光バスは、結構乗る人がいる。われわれのバスも、八割方の席を埋めてスタートした。最初は嵐山の麓にある天龍寺である。この頃は天気も回復して、青空がきれいだが、風はつめたい。天龍寺では庫裡の前で、ハイチーズのポーズで記念写真に収まる。庭を一巡りする。一時間ほどの自由時間は短い。約束の時間ぎりぎりでバスに乗り込むと、待っていたようにバスは走り出す。

友達にまだなれないがはいチーズ
名園のどれも座れぬ石のかお
千の石積んで男の顔とやら

次の目的地は石庭で知られる龍安寺である。ガイドのおしゃべりを、心地よく聞いている間もなく、目的地である。さすがに大晦日の石庭には、修学旅行の団体もなく静かである。ガイドさんの説明は、手慣れていて分かりやすいが、味がない。

「わたくし」と打っても「わたし」と打っても、ワープロは「私」と変換してくれる。だから「私」はどちらにも読めるということだが、ガイドさんの「わたくし」は、使い慣れない英語のように馴染めない。だからといって「わたし」ではくだけすぎるような気がする。京訛りと、東京の山の手言葉と言われる標準語が、合わないからだろうか。

龍安寺は虎の子隠しの石庭で知られているが、全山を包み込むように囲む、全体の庭も見事である。紅葉の頃は、さぞやと思わせる樹々に覆われている。

石庭に胡座をかいている歴史
なで肩の和服ドラマは秘密めく
空晴れて風の冷たさだけ覚え

この後、バスは大徳寺へ行く。駐車場から門をくぐると、そこはそのまま江戸時代である。電車と車を消してしまえば、時代劇のセットである。宮本武蔵や坂本龍馬のちゃんばら劇の舞台になる。ここは寺の密集地というか、広大な大徳寺の境内には、大仙院の他、たくさんの塔頭寺院が並ぶ。それぞれに関連性があるのだが、その説明は煩雑で分かりにくい。今回の旅行では、信仰とか歴史には頓着しないことにしている。ただただ、ええものはええという感覚である。
大仙院で昼食を摂る。精進料理は冷めていて、美味とは程遠い。禅の心を問うというのだろうか。ここに入ってから出てくるまで、案内人のお喋りが続く。庭の説明から、和尚の著作のコマーシャルまで付き合わされた。抹茶のサービス(有料)も前回より、味が落ちたような気がするのは、こちらの舌のせいだけだろうか。

本を売る抹香臭いコマーシャル
箒目の造る宇宙へ畏まる
ラーメンが恋しい寒い下り坂

バスは最後の目的地、妙心寺へ向かう。
妙心寺も広大な境内を誇る。その中の退蔵院の庭を案内される。昭和の名園と言われる余香苑には前回の記憶が残っている。工事中だったような、完成したばかりだったような説明を思い出す。ここに水琴窟をしつらえたつくばいがある。手水を使うと、その水が地下に埋められた瓶の中で反響して、琴のような音を奏でる仕掛けである。佐藤美枝子さんの「ことさら秋の水琴窟に拉致される」を思い出した。一昨年の長野の大会での収穫ではなかったかなと思う。

縄跳びを数えるように石畳
水琴窟に響き合う句読点

やはりうれしいガイドの京訛り

この後バスは京都駅に戻り、観光バスでの庭巡りは終わる。運転手さん、ガイドさんお世話になりました。

時計は二時半。年末で道路が空いていたせいだろうか、予定より三十分ほど早く解放された。しかしこのまま宿に戻るにはもったいない。そこで駅近くのお寺を探す。

東本願寺と背中合わせのように西本願寺がある。地図を見ても近そうである。そこまでまた歩くことにした。東本願寺の後ろへ廻るように、大通りを迂回して行くと、大きな屋根が見えてくる。西本願寺である。

お堂の中の畳の上で正座してみると、不思議に落ち着く。ちらほらと観光客や信徒らしい人たちがお参りしている。お堂の中とはいえ、その広さはやはり解放感に浸らせてくれる。ぼんやりと時間をつぶす。

西本願寺の門を出て同じ道を引き返すのも詰まらないと、路地へ曲がろうとしたところに、小さな和菓子屋を見つけた。旧いままの家の造りは、入り口の戸だけがサッシになっていて、普通の家にガラスケースを置いただけの小さな店である。ガラスケースの中の商品の包装が気になって中に入ったのだが、奥から人が出てきて挨拶をするので、そのまま出て来るのには勇気がいる。土産を買ってもいいのだが、旅の途中では日持ちが気になる。小さなものを二つほど買ってそこを出た。鞄の他に買物の紙袋が増えたが、手にしていた折畳傘をいれると持ちやすく、重さも丁度よかった。

この路地を曲がれば五条京鹿の子
自然保護街並み保護を聞き噹り
バス降りてタネも仕掛けもない夕陽

この日はお天気は良かったのだが、太陽が西へ傾く頃になると、やはり冬の京都である。宿の暖かさが恋しくなる。宿の送迎バスの発着場へと急ぐ。待つ間もなくバスは来たのだが、満員で乗せてもらえない。次のバスは一時間後だという。前から待っていた人達から不満の声が聞こえる。みんなタクシー乗場へと急ぐ。われわれも運良く通りかかったタクシーに乗ることが出来た。昨日より少し安く、そして早く着いた。

ホテルでは風呂というより、やはりバスと言うのが正しいのだろう。なかなか馴染めない。広い浴槽で思い切り手足を伸ばしたくなる。

この日の夕食はバイキング。好きなものを選んでいると、お盆の上がすぐいっぱいになってしまう。ビールで乾杯。少々食べ過ぎ。紅白歌合戦で時間を費すのももったいない。連れはクラシック音楽好きで、オペラファン。京都テレビで第九をやっているというので、それに付き合う。小さなテレビから出てくる音は、あまり良くない。ついうとうととしてしまう。合唱のあたりをかすかに覚えているだけである。

除夜の鐘も聴かずに朝を迎える。

決心も抱負も風呂に浮いている
パン二つ朝のメニューに不満なし
元日の朝へつながる糸電話

一九九八年一月一日、テレビは穏やかな正月のニュースを伝えている。今日のコースは迷わず清水寺である。その先は後で考えるとして、タクシーは東山の麓へと迷わない。いわゆる洛東と言われる、その一角に車を止める。土産物屋が並ぶ坂を上っていくと、清水寺の前に出る。九時半頃のこの辺り、土産物屋は目が覚め切っておらず、観光客もまばらである。舞台の上からの眺望は絶景である。使い捨てカメラを持ち出してみたが、連れを撮るにしても、景色を狙うにしても気恥ずかしいのが先にたって、アングルが決まらないまま、カメラは鞄に仕舞われる。舞台の下から上を見ると、舞台の木組みが不安定で、その危うさにはインパクトがある。建物や人波を支えているのが不思議である。清水の舞台から飛び降りるという、決意も頷ける。

十時を過ぎる頃になると、初詣での人や観光客の人出が、境内を埋め始めた。観光バスも何台か着いたようで、門の前で幾組もの団体が、ガイドさんの説明に頷いている。その喧噪を避けるように脇道を選んで坂を下る。

清水の舞台約束などしない
使い捨てカメラに迫る東山
打ち明けるには絵葉書が明るすぎ

目標は高台寺である。地図でも案内書を見ても、この近くであることは分かっている。結果的には少し遠回りをしたのだが、高台寺へ無事に着いた。着いたといっても正面からではなく、駐車場から続く道からであったが、とにかく庭へ入れてもらった。その上紙に包まれた餅までいただいた。ここでは拝観料を取られなかった。結構人出はあったのに、静かな印象を残している。本堂ではお坊さんのお勤めが始まろうとしていた。その後ろを足音を忍ばせるようにして通り抜ける。

ここは秀吉の正室である北政所が、夫の菩提を弔う為に建てたお寺だという。しっとりとして、きらびやかさのない、落ち着いた庭である。

階段で陽気なマリに追い抜かれ
人波に歩調合わせている破魔矢
善男善女に紛れ込むエトランゼ

帰りは深い森を抜ける階段を下りていく。階段を下りると初詣での人出らしい人波に出会う。この先には円山公園や八坂神社がある。その先に知恩院があるのも分かっていたので、次のお目当てにした。人波に逆らうように逆方向に歩くと、円山公園に出る。そこから知恩院の山門が見える。男坂と女坂がある。正面の急な階段を登る。大きな本堂を見上げる。本堂の中ではお勧めが始まっている。読経がコーラスのように聞こえてくる。この廊下を一回りして、帰りはなだらかな階段を下りる。

山門の前にタクシーが並んでいるが、どれも貸し切りのタクシーで、乗せてくれようとしない。仕方がないので、円山公園の脇の坂を下りると大通りに出た。その頃はこの辺りのどの道も人でいっぱいである。

山が動くように人波がうねる
人波に押されて愚痴が吐き出され
不景気な噂も人波に食われ

T字路になっているところへ出ると、さらに人波が膨らむ。よく見ると救急車が停まっている。その廻りを囲むように人の波である。破魔矢を持った晴れ着の女性も交じる。八坂神社の前である。ここでも当然タクシーは拾えない。バス停も行列である。一台やり過ごして、その次のバスに乗る。通勤ラッシュ並みの混みようである。バスの客は地元の人が多いようで、外国語を聴くように、京言葉を聴いているのもたのしい。

京都駅前で、吐き出されるようにしてバスを降りる。ちなみにバスは、二二〇円の均一料金で、東京都内より十円高い。

帰りのこだまは二時半、まだ一時間以上ある。土産を買おうと店を探してまた地下道に潜る。ところが、今日は元旦であることを気がつかせてくれた。つまりほとんどの店が休みなのである。電車に乗る前に買えばいいと思って、買物はほとんどしていない。ここで買おうと決めていた店も休みのようである。というより、どの辺だったのか、店が開いていないので、それもよく分からない。たまに開いている店があっても、人でいっぱいでもある。仕方がない、そんな店の一つで、意に添わない買物を済ませて、駅の改札を通ると、こぎれいな土産物屋が何軒も開いているではないか。両手に荷物を抱えてその前を通りすぎる。お上りさんの悲哀を味わいながら、車中の人となる。

元旦のやることもなく指定席
本日の収支無用の小銭入れ
第一楽章は穏やかな日の出

以上が今回の京都旅行のすべてである。少なくとも廻った観光名所に落ちはないはずである。ただ行った先を双六みたいに並べただけで、この双六には上がりがない。元の振り出しに戻って、めでたしめでたしという次第である。

江戸っ子二題

五番目は同じ作でも江戸産レ

『誹風柳多留』（以下『柳多留』）初篇は明和二年（一七六五）五月に下谷竹町の星運堂花屋久次郎方から出版された。星運堂はまだ書肆（書店）として認められた存在ではなく、言わばもぐりの出版社であった。編者は呉陵軒可有である。

この初篇の作品は、宝暦七年（一七五七）から同十三年前までの、概ね七年間の川柳評万句合の刷り物の中から、呉陵軒可有が選び出して、纏めた選集である。

川柳評万句合について説明を加えておきたい。

万句合とは、七七の短句に五七五の長句を附ける、前句附と言われるものが興行化されたものである。川柳が選をする万句合を川柳評万句合と呼んだ。現在の懸賞募集を考えて頂ければ分かり易いと思う。七七の短句で出題されるもので、例えば「ながめこそすれ〳〵」という単純な七七句に

横町に一つづつある芝の海　初篇
雨やどり額の文字を能おぼへ　〃

と附け、その付合いの妙味を楽しむものである。優秀句には賞品が出るなどして、応募者の射幸心を煽った部分もあるが、その後、川柳評が盛んになっていく大きな理由は、何と言っても彼の選が優れていたか

らである。人情の機微を捉えた面白さや、穿ちのある思いつき、時には滑稽な場面を捉えるなど、今までの前句附とは一味違ったところに、江戸市民から喝采が得られたのである。やがて江戸で一番の人気となり、安永八年(一七七九)には一回の興行に二万五二〇四句も集まる人気となった。

川柳評が人気になった理由をもう一つ付け加えるとするならば、その頃から芽生え始めていた江戸っ子意識をくすぐるような、募集範囲を江戸府内に限定したことである。そのことがまた将来、川柳の特性と言われる軽み、穿ち、滑稽の三要素を育てたと言われている。川柳の選句にも、江戸っ子の優位を強調するような傾向が強く現れている。

柄井川柳が万句合の点者(選者)として立机(前句附点者となることを宣言すること)したのは宝暦七年、川柳四十歳の男としての充実期である。その年の八月二十五日に第一回目の入選作が発表された。その時の前句の出題は三題で、その中に「にぎやかなこと〳〵」というのがあり、六句ほど入選している。そのうちの三句だけ紹介してみる。

五番目は同じ作でも江戸産レ
ふる雪の白きを見せぬ日本橋
子を捨てる藪とは見へぬ五丁町

などである。二番目の句は、雪が降るにも関わらず、人通りが多い賑やかな日本橋の風景が、前句なしでも思い浮かべられるが、最初の句と三番目の句には解説が必要であろう。

三番目の句から説明すると、五丁町とは吉原のことである。ここには江戸町一、二丁目、京町一、二丁目及び角町の五町がある(大曲駒村著『川柳大辞典』)。吉原とわかれば、その賑やかな様が容易に想像できる。確かに子どもを捨てる場所ではない。これは吉原遊びが過ぎて勘当された、どら息子のことを言っているのである。

最初の句も現在の私たちには、何故「にぎやかなこと　にぎやかなこと」なのか疑問である。明暦二年に呉陵軒可有が『柳多留』を纏めるときに、この「五番目は同じ作でも江戸産レ」を巻頭に据えている。川柳点の一番最初の開きの中から選ばれるのは当然としても、何故この句でなければならなかったのだろうか。ここには選者・柄井川柳と編集者・呉陵軒可有の意外な思い入れがある。それを解き明かせば、同時にこの句の裏側にある「賑やかさ」が浮かんでくると思う。

当時(宝暦・明和期)は江戸の人々の間で、六阿弥陀詣でが流行していて、春秋の彼岸には「都鄙の詣人道路に満つ」(『新訂東都歳時記』)と言われるほど賑わったという。六阿弥陀の六体の阿弥陀像は行基作で、紀州熊野の大杉一本から彫り上げたものと言われている。この六阿弥陀の分布を「新訂東都歳時記」から再現すると、

五番　下谷広小路(天台)常楽院(田畑へ二十五丁)
四番　田畑(真言)与楽寺(西が原へ二十五丁)
三番　西が原(真言)無量寺(豊島へ二十五丁)

一番　上豊島村（禅宗）元木西福寺（沼田へ十五丁）
二番　下沼田（真言）延命院（亀戸へ二里半）
六番　亀戸（禅宗）常楽寺

となっている。田畑は現在の田端で、西が原も上豊島も現在の北区である。上豊島から舟で荒川を渡って、下沼田は現在の足立区、亀戸は江東区である。全行程七里半（三十キロ）である。近くのスーパーにも、車で行く現代人と簡単に比較は出来ないけれども、一日に歩く距離とすれば、当時としてもかなりの強行軍だったろう。

何故ここで六番までを紹介したかと言うと、下谷の常楽院を除けば、いずれも江戸の郊外であることを知って頂くためである。つまり常楽院の賑わいだけが、江戸であることを強調したかったのである。同時に、この辺りは川柳、可有、書肆花屋久次郎の地元でもあるのだ。彼らの自慢というか、遊び心が伝わってくる。

こうした句も当時は、こんな解説なしに誰にでも共感出来たはずである。二五〇年という年月は素直に流れた訳ではない。形を換え心の彩を増しながら、自然に現代のものになった。分からないのは当然だが、当時の心映えを追ってみるのもスリリングではある。

『柳多留』は、当時芽生え始めた江戸っ子気質を見せることで人気を博したと言えるもので、可有や川柳は意識的にこの句を巻頭に持ってきたものである。

『柳多留』には江戸っ子の優位を示すように、かなり地方の人をばかにしたような言葉も使われている。田舎者、相模下女、浅黄裏、椋鳥などの呼び名である。地方出身者を独特な言葉で呼び、自分たちの優位を示そうとしたのだが、どこでもいつの世も地元のマイペースと、他所からの移住者の一所懸命は、衝突を余儀なくさせるものである。江戸は商店などを中心に、むしろ地方出身者で占められていたし、参勤交代では一年おきに地方の武士、つまり浅黄裏が江戸の街を闊歩していたのである。こうした状況の中で江戸っ子の優位を強調することで粋とか、洒落といった江戸独特の風俗を作り上げていったのである。『柳多留』の巻頭句に「五番目は同じ作でも江戸産レ」を据えた精神、その意識が一方で独特の江戸文化を作り上げていったと言っても過言ではない。

江戸っ子意識

柴田練三郎の短編に『江戸っ子由来』がある。大久保彦左衛門と、江戸町人との馴れ初めの物語である。ご存じのように大久保彦左衛門は、関ヶ原の合戦から大坂夏の陣などで、槍一筋で活躍した戦国武将の生き残りである。家康が天下を統一して、世の中が落ち着いてくれば、武道一筋の彼の出番がなくなるのは当然の成り行きだった。また一族の多くが大名や側近に引き立てられているのに、彦左衛門は何故か出世も遅く、知行も千石そこそこである。そこに町人と結びつく、屈折した思いがあったのではなかろうか。一万石以下は駕籠での登城が禁止されると、すかさず朱塗りのたらいを作らせて、それに乗って登城するなどの奇行は、彦左衛門の心情を代弁する逸話である。

講談で知る大久保彦左衛門は、一心太助など実在した人物か、講談が作り上げた人物なのか、よく分からない男を登場させて脇を固め、江戸っ子の原形みたいなものを作り上げている。しかし、この時代に江戸っ子という言葉はまだ生まれていない。三河武士である彦左衛門が江戸っ子の原形であるのはおかしいけれど、駿河台に住まいがあったことから、下町との結びつきが深くなる要素はあった。多くの逸話はあとで付け足したフィクションであることは間違いない。

江戸っ子的な意識は元禄頃からあったらしいのだが、言葉として出てくるのは、江戸文化の爛熟した明和（一七六四〜一七七二）から安永（一七七二〜一七八〇）にかけての頃で、初代柄井川柳の万句合興行の華やかなる時代である。このあたりが江戸文化の頂点であり、真に江戸（町・時代）らしき大輪の花が開いた時代でもある。

初代柄井川柳が出てくるおよそ七年前くらいに、慶紀逸という人が纏めた『誹諧武玉川』という俳諧書がある。これは寛延三年（一七五〇）に初篇が出て、安永五年（一七六五）までに十八篇が出ている。その七篇は宝暦四年に出るのだが、その中に

江戸前売の江戸といふ面

という句がある。この句は七・七の俳諧の短句である。面はつらと読み、江戸前とは芝か品川沖あたり

で獲れた魚のことで、いかにも江戸を鼻にかけた変なプライドが感じられて可笑しい。

『武玉川』の書名は歌枕の六玉川から、武蔵(江戸)を意識した命名だと言われている。ここにも江戸っ子意識が現われているのである。江戸に幕府が開かれて一五〇年たっている。

それから十年後の明和二年(一七六五)に『誹風柳多留』が出版される。これは初代柄井川柳が選をした万句合の作品の中から、さらに呉陵軒可有によって選ばれた作品を纏めた句集である。

『誹風柳多留』は天保十一年(一八四〇)までに一六七篇までが続くが、初代川柳が選をした作品は二十四篇までで、可有が編集に携わったのは二十篇を除く二十三篇までである。そしてこの二十四篇までの、初代川柳が選をした部分に秀句が多いことでも評価されている。

この『誹風柳多留』に江戸っ子という言葉が一番最初に出てくるのは、安永五年(一七七六)の十一篇で、

江戸っ子にしてはと綱はほめられる

である。これより先に

江戸っ子のわらんじをはくらんがしさ (明八礼2)

があり、これが文献的には一番古い江戸っ子の記述とされている(西山松之助『江戸っ子』)。

綱とは羅生門の鬼退治で有名な渡辺綱である。彼は江戸は三田の生まれである。

これより以前にも、江戸っ子意識としての江戸者・江戸衆の言葉が出ている句が『誹風柳多留』にある。何句か紹介してみたい。

江戸者でなけりゃお玉がいたがらず　初篇

伊勢神宮の内宮と外宮の間の相の山に三味線を弾き、銭を投げ付けさせ、それを撥で上手く避け顔に当たらないようにする見世物があり、お杉とお玉という若い女がいた(『川柳大辞典』)。江戸者は気前よくたくさん銭を投げるので、さぞお玉は痛かっただろうという、江戸者が江戸っ子贔屓に詠んだ句である。

江戸衆は数がいけぬとかるい沢　七篇

軽井沢は中仙道にある宿場で、飯盛女で知られている。江戸の人はご飯のお代わりの数が少ないから、他のところでも頼りないのだと、これは飯盛女の述懐である。

江戸者の生れ損ひ金をため　十一篇

江戸っ子は宵越しの銭は持たない、とその気前の良さが自慢である。お金を溜めるのは同じ江戸っ子として恥ずかしいと、自らの貧乏を正当化している所が面白い。

江戸っ子意識の受けとめ方はさまざまでも、ここから江戸っ子の性格のようなものははっきりと見えてこない。従って江戸っ子、もしくは江戸っ子意識を一つにくくることは出来ない。公方様のお膝元という変なプライドをひけらかせているのは、裏を返せばその上に武士の存在があることから来ているものであり、そのコンプレックスのあらわれではないかと想像する程度である。これだけの資料から江戸っ子像を導くのは早計ではあるけれども『誹風柳多留』から見えてくる江戸っ子は、短気で気前のいい軽薄な人間像として捉えることが出来る。

別の視点から江戸っ子を見てみると、江戸っ子については研究書が幾つか出ていて、それらを総合しても一様にくくることは出来ない。武士の下での長い抑制された世界で、一部に反骨的な部分を見せながらも、総体的には保守的である。徳川幕府とは運命共同体である。その姿勢を貫くことが、江戸っ子の保身でもある。徳川幕府の崩壊は、自ら作り上げた江戸の町と、その文化を失うことである。その保守性が徳川幕府を倒す遠因でもあった。結局、徳川幕府を倒したのは、地方の町人の経済的な後押しがあって成功したものであるが、江戸っ子の保守性はまた、大きな衝突もなく江戸を明け渡した、隠れた資質によるものではなかろうか。それが江戸っ子の粋やいなせに通じるものでもあったと思う。

幕末から明治へかけての江戸っ子代表と言えば、勝安房守海舟である。海舟の江戸っ子ぶりは、子母沢寛の小説『父子鷹』に活写されている。出世して、薩長土肥の官軍を向こうにまわして、江戸城を無血開城したことは歴史にのこる大事業であった。

川柳界では阪井久良伎が、江戸っ子ぶりを発揮して川柳普及に努めたが、彼はもともと横浜生まれの東京育ちである。彼は何故かことあるごとに、川柳は江戸にあってこそ、と語っている。作品も垢抜けて意気や粋を感じさせるものが多かった。また、それゆえに大きくはばたくことが出来なかったことも否定出来ない。

広重の雪に山谷は暮かかり　　久良伎

はもっとも久良伎らしい作品である。

剣花坊は山口県で生まれて、東京に活躍の場を持っていたが、江戸っ子には距離を置いた目線で見ていた。

冬枯に江戸を葬る鈴の音　　剣花坊

この句は大正二年十一月、江戸幕府最後の将軍・徳川慶喜が亡くなった折の句である。剣花坊の敗者へそそぐ温かい思いが感じられる作品である。

江戸っ子意識は今でもあり、そこにはがんとした保守性がある。頑固に今度は古い東京を遺そうとしている。

（インターネット用に作成したものに加筆したものである）

戦後宰相を川柳で斬る

日本の敗戦は昭和二十年八月十四日の御前会議で正式に決定し、翌十五日の玉音放送となった。ただちに鈴木貫太郎内閣は総辞職、東久邇宮稔彦内閣が誕生する。

東久邇内閣は、戦時と戦後の橋渡しという重要な役割を果たして、この年の十月五日に総辞職した。五十三日という数字は、戦後の二十五代の内閣中でも、超短命内閣であるが、降伏文書の調印、進駐軍の受け入れなど、終戦事務を大きく混乱もなくこなした実績は評価されてもいいと思う。この二月足らずの期間に起きたものを歴史年表風に並べれば、その実績はさらに鮮明になり、また、日本の変わりようも窺われる。

八月二八日　米軍先遣隊厚木に到着。
　三十日　連合国最高司令長官マッカーサー元帥厚木に到着。
九月　一日　帝国議会は第八十八回臨時議会招集
　　　（この議会開会中に首相は施政方針演説の中で、一億総ざんげを明言した）

日本に神棚があり総ざんげ　一夜
総ざんげ位牌へ妻と只黙し　修雅

　二日　降伏文書に調印。
十一日　ＧＨＱ、東条ら三十九名を戦犯容疑者として逮捕。

十二日　マッカーサー元帥、日本は四等国と発言。

モンペもう四等国の姿なり　眉　文

堪え忍べ四等国とも言わるなり　藤吉郎

二七日　天皇がマッカーサー元帥を訪問。天皇とマッカーサー元帥が並んで写った写真が公開され、戦争に負けたことを再認識させるに十分なショックを国民に与えた。

十月　四日　GHQは政治犯の釈放、思想警察の撤廃、特高警察全員の罷免などを内容とする覚書を発表。

五日　これに反対して東久邇内閣は総辞職する。

一億総ざんげに見られる戦争責任に対する考え方は、その後の日本全体の戦争責任を曖昧にした。東京裁判における戦犯の処分についても、一方的な戦勝国の論理に流されてしまった。

東久邇内閣の後を受けて幣原内閣がスタートする。吉田茂外相や芦田均厚相などが起用され、新たな戦後処理が続くが、その前にその頃の川柳作品を紹介しておく。（いずれも『川柳きやり』より抄出）

敗戦に心機新たなり柳翁忌　（川柳忌）　荷十

大風のあと柳だけ勝ちほこり　（〃）　空壺

焼け跡の柳明るく雨を受け　（〃）　冨山人

柳翁忌さて丸腰で起き上り　（〃）　鱗太郎
何もかも言える日が来た川柳忌　（〃）　周魚
（旧かな旧漢字はすべて現代表記に改めた。以下同じ）

敗戦から一か月後の川柳忌に人が集まり、三十三句を献じている。庶民性というか、大和魂というか、その逞しい川柳魂に頭が下がる。『きやり』の近詠欄からも拾ってみよう。哀感ただよう句がここにはある。

ニッポンは小さくなった脛の灸　周魚
父帰る隣り帰らぬ父があり　春雨
食べ盛り糧に追われる妻の影　真砂
子守歌戦争前と同じ節　巨郎
叱ってはみる母親も餓じがり　伊太古

日本全体がひもじい思いに耐えていた時代である。そして戦争から帰ってきた父や兄を迎えても、仕事も食べるものも、思うようにいかない世の中である。

明けて二十一年一月一日、天皇の詔書を発表する。この中で天皇の人間宣言がある。天皇の神格否定は、今思えば当然のことに違いないが、当時の一部の人にはショッキングなことであった。天皇の全国巡幸が始まる。そして一月四日には、ＧＨＱにより軍国主義者の公職追放と、超国家主義団体の解散の指令が出される。

前年十二月に解散した衆議院は、ＧＨＱの方針が定まらないまま、この年の四月に選挙が行われることになった。

それに先だって、前年の十一月に選挙制度が改正になる。この改正の目玉は、婦人参政権が認められ、納税額には関係なく、二十歳以上の国民には、等しく選挙権が与えられたことである。

選挙の結果は、鳩山一郎率いる自由党が一四一でトップ。続いて進歩党九十四、社会党九十四、協同党十四、共産党五、諸派三十八、無所属八十一である（石川真澄著『戦後政治史』岩波新書）。ちなみにこの時、三十九名の女性議員が誕生した。

自由党が大幅に数を増やしたが、公職追放に直撃された進歩党は選挙前の三分の一に激減した。そのため選挙後は、第一党の自由党が首班指名のイニシアチブをとることになる。本来なら党首である鳩山一郎が選ばれるところだが、選挙直後の第二次公職追放名簿に鳩山一郎も含まれていて、その後の首班指名、組閣はもめに揉めて五月二十二日までかかり、進歩党との連立で第一次吉田内閣を誕生させた。当時、吉田茂は帝国議会に席はなかったが、旧憲法には現憲法の第六十七条の制約はなかったから、天皇の大命降下により首相に任命された。

第一次吉田内閣は翌年四月、五月三日の新憲法の実施を前に衆議院を解散する。その時、自由党は第一党の地位を社会党に明け渡し、同時に首相の座を片山哲に譲る羽目になる。しかし、その後の芦田均の後を引き継いで首相に返り咲き、佐藤栄作に次ぐ、戦後第二位の最長政権を手中にする。その間、彼は常に時事川柳のヒーローとして君臨するのである。彼に対して時事川柳子はどう見ていたのかは、後ほど紹介するとして、もう少し時局の動きを追ってみたい。

吉田内閣は成立しても、実際に日本を動かしているのはマッカーサーであり、ＧＨＱであった。財閥の解体、公職追放の拡大、農地開放の推進などが挙げられる。同時に十月には新憲法が衆議院を通過、成立する。十一月三日の発布となる。

新しい憲法は、大日本帝国憲法の改正という手続きで成立したが、中身はまったく新しい考え方によって成り立っているので、新憲法と言われる所以である。中学校の教科書風に言えば、世界平和、主権在民、基本的人権の尊重の三本の柱で成り立っている。戦争の放棄など世界に類を見ないほど先見性を誇っているが、現実は蛇のように柔軟にして、都合よく運用されている。

憲法に遅れて十一月十六日に、一八五〇字の当用漢字が告示され、現代仮名遣いも同時に発表された。一時ローマ字表記になるのではないかと懸念されたが、その心配は回避された。その後、国語改革は進んで、漢字は常用漢字として一九四五字に拡大される。

国語表示は今にいたっても揺れ動いているが、言葉は意思伝達として大切な役割を担っている。まだまだ改革の余地を残しているので、変化を続けていくものと思う。残念なのは伝統的なものが失われて、簡略化を中心に進められているのが、表現する現場には不満である。いまだに旧仮名、旧書体に固執している作家もいる。その是非はともかくとして、改革には、そのスピードにブレーキを掛ける作用がなくなると、不必要に突っ走ってしまう畏れがあるので、その意気やよしとする。

昭和二十二年になって、内閣総理大臣・吉田茂は一月一日のラジオ放送の中で、労働組合の指導者に対し「不逞の輩」と発言して物議を醸す。この発言の裏には、GHQの指導もあって、たくさんの労働組合が誕生していた。インフレや食糧不足による生活不安から、各地に労働争議が多発、ストライキも頻繁に行なわれていた。それを牽制するための発言だったのだが、結果は火に油を注ぐものとなり、二月一日のゼネストの話題を大きくした。しかし、一月三十一日に、GHQの介入により、この大規模のストライキは不発に終わった。GHQの力の大きさを改めて知る事件でもあった。

この年四月に、五月三日の新憲法の実施に先だって、都道府県の首長選挙、参議院議員、衆議院議員の選挙が行なわれ、衆議院では片山哲を委員長とする社会党が第一党となり、史上初の社会党内閣が成立する。

片山内閣は社会党内閣とは言え、国会における保守・革新比率は共産党を加えても三十対七十で、芦田均を総裁とする保守系の民主党と組み、国民協同党とも組まなければならなかったので、その基盤は脆弱であった。しかし片山内閣は、社会党内閣として『臨時石炭管理法』を成立させるなど、社会党内閣としての実績を残している。しかし、社会党内のごたごたなどから、翌二十三年に総辞職、同じ連立の枠内で芦田均を首班に指名して再スタートする。この政権もこの年最大の話題となり、その後の日本の政治仕組みがずっとこのパターンとなる疑獄が発覚する。昭和電工疑獄で、福田赳夫、大野伴睦、栗栖赳夫、西尾末広などの逮捕でこの内閣も内側から瓦解する。そして再び吉田茂が政権を握ることになる。吉田茂は昭和二十二年の選挙で、高知から立候補して当選している。

昭和二十三年に自由党と民主クラブが一緒になって、民主自由党が成立。衆議院で一五二名の第一党となっていたので、党首である吉田茂が首班に指名されることになる。そして、吉田内閣は昭和二十八年の第五次まで続くことになる。この間さまざまな話題を提供し、時事川柳でもヒーローぶりを発揮した。その人気(?)ぶりを川柳欄から拾ってみる。

一週を五日でくらす白い足袋　千太

白足袋、ステッキ、葉巻は吉田茂のトレードマークとして、象徴的小道具の役割を果たしてきた。

総理なら負けた国でも避暑が出来　政義

いとし子を曲学阿世の徒に預け　公平

昭和二十五年頃、講和条約締結を前に、全面講和を主張する南原東大総長に反論し、その中で全面講和を主張する人たちへ「曲学阿世の徒」と決めつけた。曲学阿世とは『史記』の中にある言葉で、学問とか真理を曲げ世に阿るというほどの意味である。

大磯と音羽をうまく泳ぐ雑魚　昌弘

大磯には吉田茂邸があり、音羽には音羽御殿といわれた鳩山一郎の屋敷があった。吉田政権末期には、鳩山一郎も追放解除になり、政界に復帰していた。陣笠議員のうろうろぶりが窺われて面白い。

御支援を願いバカヤロで名をあげる　博

昭和二十八年、衆議院の予算委員会でバカヤローと発言して、解散に追い込まれる。

警官の密度大磯日本一　玉団子

大磯に咲いた大きな菊の花　満丸

昭和三十九年に大勲位菊花大綬章が授与された。

水かけた記者たちからも惜しまれて　正俊

富士よさらば曲学阿世の徒よさらば　弥平

国会にああバカヤローだけ残り　呆三

昭和四十二年十月に吉田茂は亡くなる。愛弟子の佐藤栄作首相は、この大恩人を戦後初の国葬で送った。

吉田茂は昭和二十九年十二月の第五次までその権力の頂点に君臨し、敗戦後の日本を形作ってきたその業績は大きい。その在任期間は佐藤栄作の二七九七日に僅かに及ばない二六一八日に達する。不逞の輩、曲学阿世の徒、バカヤローなどの放言や記者団にコップの水をかけるなどの奇行もあったが、戦後の混乱をGHQを向こうに回して、良く頑張った。そのせいか人気がある。時事川柳でも田中角栄と二分する程である。

吉田茂の後を襲った鳩山一郎は悲運の宰相などと言われ、その鳩山ブームに乗って首相の座についたが、すでに余り健康ではない状態であった。

健康と首相どちらを続ける気　　和子

昭和三十年の一番大きな出来事と言えば、社会党の左派と右派の合同により、日本社会党が発足したことである。保守も鳩山一郎の民主党と緒方竹虎の自由党が合併して自由民主党となる。保守・革新の新党が並び立つ所謂五十五年体制が確立する。そして日本は高度経済成長へと突っ走っていくのである。

吉田茂の築き上げた戦後処理は、単独講和によってその後の日本の進むべき道を一つ選択したわけだが、鳩山一郎の念願は日ソの国交回復を進め、どうやらその調印にまで漕ぎ着けるが、北方領土は返還されない結果に終わる。この苦い結果はそのまま現在まで続いている。

鳩山一郎についての時事川柳は余り多くないが何句か拾ってみる。

モスクワへ引退興行しに出かけ　　久

調印が済めば要らない人になり　　利国

人の手を借りなきゃイスもおりられず　　尋坊

鳩山一郎の次は石橋湛山が首相の座に着くが、一月に発病、二月に急逝するという不幸な首相であった。その在任期間は六十四日という戦後宰相では、東久邇首相の五十三日に次ぐ短命内閣であった。その後は石橋首相の代わりに臨時代理を務めた岸信介首相へと繋がっていく。

歩かずに石橋たたき年を越し　　清

時事川柳子の目は相変わらず辛辣である。

岸内閣時代はどういうわけか明るい話題がない。学校の先生を勤務評定するといういわゆる勤評闘争に加え、警察官職務執行法の改定がある。職務質問や所持品調べなど警察官の権限が大幅に強められるものである。

日教組撃ちてし止まん文部省　紀代司

モシモシがオイコラになる日が怖い　牛歩

そして安保で日本は荒れた。学生が国会に乱入、その煽りで樺美智子さんが死亡するという大きな悲劇を生んだ。岸信介内閣は憲法改正に必要な三分の二以上保守の議員を確保できなかったので、その活路を安保改定に走らせたのである。反動的で強引なやり方には、大きな抵抗が待ち受けていたのである。

唯一明るい話題と言えば、昭和三十四年四月の皇太子と正田美智子さんの結婚である。

お慶事へ作る人垣また見事　鎮海

沿道に昭和は見とれ明治泣き　潮三

岸信介は六月に安全保障条約の批准書が交換されると総辞職した。荒れに荒れた騒ぎも終息し、七月には池田勇人が首班指名される。池田は岸の高姿勢とは逆に低姿勢で事に臨み、寛容と忍耐を掲げ、高度経済成長を目指し、所得倍増論をぶち上げる。大平正芳、宮沢喜一というブレーンを率いて、四年後に国民所得を一・五倍にするというアドバルーンを打ち上げた。

池田の所得倍増論は、ちょうど昭和三十五年は神武景気の入り口にあったことから、それが追い風となって、現実のものとなりつつあった。

証券のボーナス顎が外れそう　紀代司

所得倍ドンドンパッパと景気よし　吉春

ドドンパで物価を上げる池田節　勇

渡辺マリの「東京ドドンパ娘」という歌が流行っていた。ドンドンパッパは民謡である。ついでにこの頃に流行っていた流行歌を挙げてみると、石原裕次郎と牧村旬子の「銀座の恋の物語」がある。この歌は今でもカラオケでよくデュエットで歌われている。坂本九の「上を向いて歩こう」もこの頃だ。なんとも明るい時代だ。そして昭和三十九年十月に東京オリンピックが開催される。それに合わせて東海道新幹線が開通される。

しかし池田勇人はこの年の七月、自民党の総裁選で三選を勝ち取るが、その二月後には築地のがんセンターに入院。長期化するという医師の診断で、十月退陣の意向を表明。十一月には佐藤栄作首相が誕生する。

二の舞を踏むなと兄キ気をつかい　啓介

姓は違えど、佐藤栄作は岸信介の弟である。

池田の高度経済成長のつけは佐藤首相の代になって次々と出てくる。公害問題である。熊本県の水俣病をはじめに、新潟水俣病、富山のイタイイタイ病、四日市ぜんそくなど、大きな工場の廃水や鉱山の廃水などが原因とされる公害病が各地で訴訟騒ぎとなり、高度経済成長に危険信号が点される。

奇形魚の形に見える日本地図　恵之介

竜宮もみんな水俣病になり　幻四郎

国は富みＰＣＢの花ざかり　令二

そして佐藤内閣は黒い霧に覆われることになる。田中彰治自民党代議士による、小佐野賢治恐喝事件。荒船清十郎が国鉄のダイヤ改正に伴い、自分の選挙区にある深谷駅に急行を止めさせる事件など、国会議員の横暴が取り沙汰されていた。

代議士のコロモまとった恐喝屋　けいじ

清十郎団十郎の目玉食い　苦労性

佐藤首相は昭和四十四年の七月に訪米し、沖縄返還交渉でいい感触を得る。そして四十七年に返還を含む共同声明を行なう。

団十郎見栄をきりきり自画自賛　波里

核ぬきというけどどこかきなくさし　留蔵

祝復帰基地がなければもっとよし　令二

基地も武器も乗せて本土へお輿入れ　雲雀

沖縄はアメリカにとって極東政策の重要拠点であり、その返還に関しては幾つもの問題があった。その中でも基地と核の問題は、沖縄県民の生活に直接影響する事柄であった。結果的には「核抜き、本土並み」で、日米共同声明となる。核抜きについては、非核三原則と言われる、持たない、作らない、持ち込ませないの三つを守るということである。本土並みは基地についてであるが、現実は作文通りにはいかなかった。

歴代の総理がそうであるように、佐藤首相も沖縄返還が花道となり、また日米の繊維問題やニクソンショックによる為替相場が円高方向へ修正されるなど、長期政権も末期症状を呈してくる。そして七年八か月続いた長期政権にピリオドを打つことになる。

佐藤栄作の引退声明で、自民党は後に角福戦争と言われる次期総裁争いが表面化する。その結果は、田中角栄の素早い行動と、金力による巧みな人心掌握によって田中が自民党総裁となり、総理に指名される。

新潟三区いいではないか紙の雪　麦彦

新総理どうも太子の顔に見え　重男

認証式東大卒を従えて　幻四郎

田中角栄は、五十四歳という戦後の内閣では最年少で首相の座につき、前年発売された角栄著『日本列島改造論』がベストセラーになり「庶民宰相」「今太閤」「角さん」「コンピューター付きブルドーザー」などの愛称で親しまれたが、お金まみれという印象は拭い去ることは出来ない。このお金まみれは、後に立花隆の『田中角栄研究――その金脈と人脈』によってより明らかになり、内閣を投げ出すまでに追い込まれる。

田中節大フロシキで汗を拭き　花朗
ブルドーザー柄は悪いが力もち　竜司

田中角栄のエネルギッシュな動きは、最初は国民に圧倒的に支持されるが、列島改造論による地価の高騰に続いて、狂乱物価と言われるインフレが急速に列島を襲う。地価の高騰はマイホームを夢見る人たちを失望させ、物価の高騰は庶民の生活を直接脅かす結果となる。それに加えて、昭和四十八年秋に始まった第四次中東戦争は第一次石油ショックを招き、石油が無くなるという危機感から、トイレットペーパーや洗剤が店頭から消えるという事件にまで繋がり、インフレを加速させる。

それによって田中人気も急に衰えてくる。発足当時は六十二パーセントもあった支持率も、政権末期には二十二パーセントまで落ち込む（石川真澄著『戦後政治史』）。

はつ夢も一紙二砂糖三灯油　光平
兎追いしかの山ブルドーザーの爪　文冗

金の力で総理の座を掌中にした角栄は、しかし、お金によってその地位を追われることになる。昭和四十九年の雑誌『文藝春秋』に掲載された「田中角栄研究――その金脈と人脈」には、明細な角栄のお金の出所と、それに繋がる人脈の豊かさを伝えている。金と人間の繋がりは、利権の蓄積になっていくものである。

文春に出したい政界浄化賞　凡久羅

集めすぎたカネに押されて田中落つ　雲雀

政界浄化賞はなかったが、立花のこの研究は、この年の「文藝春秋読者賞」を受賞している。

田中角栄はこれが直接の引き金となって総理の座を追われたが、その後は闇将軍と言われながら、政局に大きな影響力を持ち続ける。

田中の後を襲ったのは三木武夫である。しかしそこに至るまでには、いつものように自民党的どたばたが繰り広げられたのである。

後継者候補には三木武夫、福田赳夫、大平正芳の三つ巴となるが、自民党の金権イメージを払拭する意味でもクリーンなイメージのある三木に白羽の矢を当てたのは、自民党の長老・椎名悦三郎である。いわゆる椎名裁定である。

三木はこの期待に応えるべく、文部大臣に評論家の永井道雄を据えたり、党の総裁選に予備選挙を導入したり、公職選挙法の改正を試みたりする。しかし、アメリカからロッキード事件が明るみに出て、田中角栄の逮捕へと進展していく。しかもロッキード事件の徹底的糾明を指示し、反三木派を結集させ、三木降ろしが始まる。しかし三木の二枚腰は世論をバックに渋いところを見せる。

やはり野に置けにならぬよう三木さん　里予

これは昭和五十年の年頭の記者会見で「やはり野に置けにならぬよう」の発言を危惧して、川柳子が句にしたものだが、余り上出来とは言えない。

ロッキード劇三木おろしの場付け加え　禿帽子

この頃、読売新聞の時事川柳欄は石原青竜刀が担当。句には風刺の毒はあるのだが、リズムの整わない句を多く採用していた。

三木降ろしの進む中で、ロッキード事件も次々とマスコミの下にさらされ、その大掛かりな事件は国民の耳目を集めた。

ピーナッツ百個おかしな領収書　稔

ロ事件で折れた諷刺の針供養　凡久羅

ロ事件にゴルフ焼けした被告席　廉治

ロッキード事件は元首相の犯罪としてセンセーショナルな話題を提供し、その全容が衆目に晒されると、時事川柳子には格好の餌食にされてしまった。

三木の後は福田赳夫ですんなりと決まる。福田は経済通として知られる。さしもの狂乱物価も福田内閣時代に落ち着きを見せる。福田の実績はそれよりも、田中角栄が行なった日中の国交回復をさらにすすめ、日中友好平和条約の締結を実行したことが評価されている。その福田も二期目の自民党総裁選挙で、大平正芳にまさかの再選を阻まれる。首相就任時「天の声」に従ったと言った福田は、総裁選に敗れた後で「天の声にも変な声もある」と言っているが、最近言われている「天の声」も同じものだろうか。

福田政権誕生の際、大平と福田の間で二年間で交替と言う密約があったといわれる。総裁選でも田中派の力が大きく作用したのである。盟友大平のために田中角栄が闇将軍としてその実力を見せた。

アーウーと言えばヨッシャと跳ねる鯉　幸太郎
角の灯を頼り鈍牛歩を運び　一夫

大平内閣は角影内閣とも言われ、大平の独自性を見せられないまま昭和五十五年六月に心筋梗塞で亡くなる。その直後の衆参同時選挙で自民党は久しぶりに大勝する。

大平の後は、意外にも鈴木善幸が総理・総裁の座を射止める。いつもの事ながら自民党の派閥抗争は時々変な結論を出す。鈴木は党務に詳しい。派手な政治歴はないが、自民党の総務会長を十回も務めている。国民よりも党のバランスを大切にする、相も変わらぬ政治感覚である。

鈴木内閣は『和』の政治を目指し、二年四か月後にあっさりとその座を明け渡す。

善幸と書いてよっしゃとカナをふり　霞呆
和の政治和の政治とて暮れにけり　鉄雄

大平の後は中曽根康弘がこれも田中派の支持を得て、永年の野望を手に入れる。思えば長い道程だったと思ったたに違いない。

中曽根は早くから総裁候補に名を連ねていたが、小派閥の悲哀を味わいつくし、風見鶏と言われながら政局の動きに敏感に対応してきた。

風見鶏永年温めたご挨拶　麗子

中曽根は待った甲斐があったか、政治運営も上手くこなし、政府のお荷物だった電電公社、専売公社、日本国有鉄道の民営化を果たした。

民営化になって短くなるキセル

ＮＴＴ指を加えて眺めやり

靖国神社公式参拝も自信の現れである。

中曽根内閣の役どころは、戦後の総決算ということであったが、しかし、末期にはどの首相も見せる高姿勢になってくる。文相藤尾正行の罷免、本人も人種差別発言で自ら首を締める。

自民党の総裁任期は二年二期と決まっていたが、昭和六十一年の衆参同日選挙で自民党は圧勝する。その結果を受けて任期を一年延期することに成功する。

もう幾つ寝ると長老風見鶏　牛歩

長老とは、総理大臣経験者の名誉称号ともいうべきものである。一年延長した総裁の任期が、翌年十月三十日の期限切れを数えながら政局の運営に当たっていた。

そしてニューリーダーと言われる、竹下登、安倍晋太郎、宮沢喜一らが次の自民党のリーダーと目されていた。竹下登は古い田中派であったが、同派の若手に押されて経世会を旗揚げする。安倍晋太郎は福田派のエリート番頭である。そして宮沢喜一は、池田内閣時代の経済政策を支えた経済通である。

中曽根後の跡目相続は話し合いか、選挙にするかと揉めた末、中曽根総裁の指名によって竹下登が後継総裁となる。竹下の総理大臣就任で「三角大福中」と言われた一つの時代が終わった。

三人の握手二人の力なさ　一夫

すでに竹下と決まってしまえば、宮沢も安倍も力が入らないのは当然。

竹下は消費税の導入を実現させたが、それ以上にユニークなのがふるさと「創世資金」と言うやつ。

一億円隣は何をする町か　新位置

消費税導入の審議の最中にリクルート事件が持ち上がる。そして天皇の病気が深刻な状態となり、国中でお祝い事を控える、自粛ムードが広がっていく。

松茸のところを自粛してシメジ　牛歩

重い手で静かに昭和史を閉じる　一夫

消費税四月馬鹿から除外され　金魚

そして、昭和六十四年一月七日に昭和天皇の崩御。平成と改まる。平成元年四月には消費税が実施される。消費税が実施されて間もなく、竹下とリクルートの関係が週刊誌に公表されるに至り、辞任を決意する。その頃ニューリーダーと言われた他の二人も、リクルート・コスモス株の譲渡を受けていて、就任する訳にもいかず、派閥の領袖でない宇野宗佑が選ばれる。これは自民党始まって以来のことで、長い間、政権党として君臨してきた、その瓦解のドラマの幕開けだったのかもしれない。

その象徴的な出来事として、宇野の古い女性問題が新聞に乗り、さらに就任一月後の参院選で自民党は大きな敗北を喫する。

社会党は土井たか子を党首に据え、土井たか子ブームに乗り選挙を戦ったが、自民党は、消費税の導入、リクルート事件、首相の女性スキャンダルなどを背負っての戦いであった。

この結果を得て、宇野は退陣を決意する。たった六十八日の短命内閣であった。当時、禁煙パイプのコマーシャルで、小指を立てながら「わたしはこれで会社を辞めました」というコマーシャルが受けていた。

私はコレで総理は辞めません　よしき

白粉が混じり地酒が濁り出す　愛猿

この後、元早稲田大学弁論部で、水玉模様のネクタイ愛用の海部俊樹が総理に就任する。

水玉の玉虫色が気に掛かり　花助

水玉が鉄の女に弾かれる　牛歩

平成三年一月に湾岸戦争が火蓋を切る。テレビは毎日空爆の物凄さを写し出し、それをこたつの中で観ていた。

湾岸は戦火日本は太平記　まり子

平成三年十一月にリクルートの噂も遠退いて、宮沢喜一が内閣を作る。すでに安倍晋太郎はいない。

風だけに頼る総理の鯉のぼり　貞吉

自民党は長い間政権政党として君臨してきたが、五十年近い年月にはさまざまな歪みが沈殿していく。その沈殿物は、派閥の細胞分裂を繰り返し、政権政党としての求心力を失っていく。多党化が進み、保守革新の対立という図式が崩れていく。その結果、同じ保守でもその旗色は少しずつ違ってくる。細川護煕、羽田孜、村山富市と非自民内閣が続く。この後に自民党の橋本龍太郎、小渕恵三と自民党内閣が返り咲くが、自民党単独政権は難しい時代になった。

保守の多党化は豊かさの象徴なのかもしれないが、その豊かさを蝕むものが少しずつ見えてきている。それを政治家がコントロール出来ないほど、肥大化しつつある。時代のうねりである。多党化による流動性は、明日はどう変わるか分からないものを秘めながら、さまざまな駆引きを繰り返していくのだろう。

川柳を遺すために

鶴彬の句を木綿地に染色したものを額装して、各地の公民館祭で展示していた。それがいつの間にか、押入れの奥を定位置にしてしまっていた。思い出したように出してみたのは、夏物を押入れの奥から出す際に、得体の知れないものとして出てきたからである。改めてこの額の嫁ぎ先を考えなければならないと思った。

手ぬぐいほどの大きさのものを、そのまま額に収めただけのものだが、句にも文字にも勢いがあって、地味な額の印象も手伝って悪くない出来栄えである。家に飾っておいても映える代物ではない。そこで北上市の日本現代詩歌文学館（以下詩歌文学館）に引き取って貰えるか問い合わせてみた。こちらの事情を理解して頂いて、引き取りに同意してくれた。元々この句入りの染色地は、盛岡の鶴彬の甥が染色したものである。七年ほど前に盛岡で行なわれた鶴彬祭に参加した折りに、その甥の奥さんにあたる人から、土産としていただいたものである。

そんな経緯があるので、詩歌文学館で引き取ってくれるということに、これ以上の嫁ぎ先はないと正直ほっとしたのである。

気象庁は梅雨明け宣言をしないまま、真夏の暑さが続いている七月半ばの大宮を脱出するように、東北新幹線の程よい冷房にほっと一息ついた。新幹線の車窓は景色を楽しむ余裕がないように、あわただしくパノラマを変えていく。何度も見た景色でもある。用意してきた握り飯で朝食を済ませば、北上駅まですることがない。あいにく文庫本も鞄に入れてないし、週刊誌を買ってまで読もうという気もしない。北上まで二時間余りある。北上駅へ着くまでに、鶴彬について説明しておきたい。

鶴彬は反戦川柳家として知られているが、一九〇八年（明治四十一）の十二月末、石川県高松町に生まれている。本名は喜多一二《かつじ》。大正十二年の十六歳ごろから川柳を作り始める。

銭呉れと出した掌は黙って大きい
乞食の子天皇へいかバンザイ

当時の文学青年の目覚めとしては、平均的なスタートである。けっして早熟とは言えないが、川柳界を驚かすには充分な資質を覗かせた出発と言っていいだろう。

その後、同じ郷土の森田一二の影響を強く受け、彼の紹介によって井上剣花坊を知る。井上剣花坊は明治の川柳改革を推進してきた一人で、当時も川柳界の指導者の先頭に立って、雑誌『大正川柳』の発行を続けていた。剣花坊は鶴彬の才能を見抜き、その後は庇護者としても、官憲に追われている彼をかくまったりしている。

森田一二も名古屋で『新生』を出し、新興川柳の旗手として、若手の指導者としてその影響力を誇っていた。

鶴彬は昭和三年に郷里高松町に「高松川柳会」を作り、ナップに加盟する。この会が弾圧され、鶴彬ら五名が検束される。九月に上京して剣花坊の元に身を寄せ、その後、筆名を鶴彬とする。

鶴彬の作品を紹介する。文学的完成度とは別に、彼の叫びには、時代を突き抜ける勢いが感じられる。

エノケンの笑いにつづく暗い明日
地下へもぐって春へ春への導火線
ふるさとは病ひと一しょに帰るとこ
働けばうづいてならぬ〇〇〇〇のあと
（〇〇〇は伏せ字。ごうもんと当てることも出来る）
屍のゐないニュース映画で勇ましい
手と足をもいだ丸太にしてかへし

昭和十二年十二月三日、思想犯として特高警察に検挙され、翌年九月十四日に収監の身柄で赤痢に罹り、東京都板橋区の豊多摩病院で死去する。行年二十九歳である。盛岡市の光照寺で眠る。

毎年九月十四日に盛岡と郷里の金沢では、彼の霊を慰める行事が行われている。私も盛岡の催しには何度か参加している。地元の鶴彬の研究者や若い川柳家の話を聞きながら、鶴彬の時代にしばし思いを馳せる。今年もまもなくその時季がやってくる。

鶴彬を世の中に大きく紹介したのは一叩人で、鶴彬が盛岡の墓地で眠っているのを報告したのも彼である。

一叩人について書かれたものは余り目にしないが、『新興川柳選集』や『鶴彬全集』を纏めたことは高く評価されている。その後『鶴彬全集』は、澤地久枝によって増補改訂版が出された。

鶴彬は主張が鮮明であることと、語り手が多いという理由で、次の世紀にも記憶されていくだろうと、予測することができる。

横道へ逸れたが、そろそろ北上駅も近くなってきたようだ。

北上駅頭に立つ。高い所に雲はあるが、雨になる心配はない。心なしか関東よりは涼しい風を感じた。これも旅情だろうか。大きな荷物を抱えて、詩歌文学館まで歩く気はしないので、迷わずタクシーの人となる。汗を拭う間もなく目的地に着く。詩歌の森という瀟洒な公園の片隅に、鉄筋コンクリート造りの、切妻屋根の重厚なたたずまいの詩歌文学館は立っていた。今回で三度目の来訪である。

平成三年九月十五日、台風一過の秋晴れの中を、盛岡の友人たちは関東からの珍客を案内して、ここ詩歌文学館まで車を飛ばしてくれた。公園もまだ完成されておらず、ただ広いだけの空き地に建つ詩歌文学館の偉容は、人目を集めるに充分な姿であった。

そしてあくる年の四月十一日、この町は埼玉からの客を季節外れの雪で歓迎してくれた。白砂糖をまぶしたチョコレートドーナツを思わせる田の畔は、わがふるさと新潟の山間の初冬を思わせる。妙に懐かしい風景が広がっていたことを思い出す。この時は自分の所属する同人誌のバックナンバーの寄贈が目的であったが、その日は午後まで文学館所蔵の本に囲まれて過ごした。さまざまな資料に目移りはするものの、各地の川柳界の活躍の具合や、今まで余り知らなかった川柳界の事情も見えてきて、楽しい時間を過ごしたことを覚えている。

パンフレットの説明によれば、この詩歌文学館は平成二年五月十八日に落成。同二十日に開館となっている。セレモニーとして第五回詩歌文学館賞の贈賞式が行なわれている。この賞がこの時、第五回であるということは、詩歌文学館の活動が開館以前から行なわれていることを教えてくれる。同じパンフレットに、第一回贈賞式が昭和六十一年に行なわれていることも記されている。

残念ながら、この文学賞に川柳部門は含まれていない。そのことで川柳界もかまびすしいが、川柳界の現状から考えて、詩歌文学館の姿勢もやむをえないものがあると思う。川柳家はもっと句集などで、自分をアピールしてほしい。その中でいいものは残り、そうでないものは淘汰されていくのである。そうした厳しい現実に晒されて成長していかなければ、川柳は他のジャンルの中に埋没してしまって、ジャンルの確立も危うくなってしまう。

私の手元の同館の館報第一号は、昭和六十年一月一日付になっている。さまざまなイベントや記念事業を成功させながら、詩歌文学館も開館から八年目になる。今年（平成十年）三月発行の同館の館報「日本現代詩歌文学館」二十六号は、二月現在の収蔵資料を発表している。それによれば四十二万点に迫るとか。この数字に今までの苦労がしのばれる。

額を寄贈する手続きが終われば、今回の来訪の目的は、ひとまず果たしたことになる。しばらくここで本でも読んで時間を潰すつもりでいたのだが、閲覧室の模様は前回とだいぶ違う。並べられた本も体裁を整える程度で、わずかに並べられた資料は、どこかの家の応接間に並べられた全集や年鑑のようによそよそしい。資料はカードで選び、それをもとにコンピュータによる検索に頼むという、どこにでもあるシステムに変わっている。ただ何となく川柳の本を読んでいたいと思って来た人は失望させられるだろう。

文学館と図書館では目的も機能も違うから、同じサービスを期待するほうが無理である。それはわかっているのだが、あえてのブーイングである。

閑散とした閲覧室には係の人と私の他は、掃除をする人たちの影が動いているだけである。躊躇することなく、詩歌文学館を後にすることにした。

駅まで歩いた。二キロメートルと駅前の案内板にあった通り、苦もなく駅前にたどり着いた。太陽は真上にあって、梅雨明け間近を思わせる暑さである。

宇都宮までの切符と、鰻弁当を買い込んで上野行きに乗り込む。自由席は文字通り自由に席を選ぶことが出来た。腹ごしらえをしてしばらく目をつぶる。幾らか眠ったようで、車内アナウンスはまもなく郡山であることを教えてくれた。宇都宮はその次の停車駅である。宇都宮では、栃木県立図書館へ寄る予定である。ここには雀郎文庫があることを聞いていたから、どの程度のものなのか見てみたいと思っていたのである。

前田雀郎は宇都宮生まれの川柳家である。明治三十年に宇都宮に生まれて、昭和三十五年一月に六十二歳で没するまで、川柳普及に努めた人である。後に六大家と言われる中の一人で、昭和の始めから三十年に没するまで、全国的な指導力を誇っていた。特に栃木県内での影響力は今でも強い。阪井久良伎門下の人らしく学究肌の川柳家で、蔵書も多く、没後は故人の遺志を生かして、そのすべてが昭和三十五年に栃木県立図書館に寄贈された。その点数二千余という。雀郎は戦災でそれまでの蔵書の多くを灰燼に帰しながらも、蔵書の収集を続けていた。その後、平成二年に他の川柳家の篤志もあって増補されている。この蔵書は雀郎の知識と深さの凄さを教えるかのように、多岐に渡っている。それが今、雀郎文庫という形で保存され、閲覧出来るようになっている。

駅前の地図で見ると、タクシーに乗るほどではあるまいと、ともかく歩き始めた。暑さのことは言うまいと思っていても、道路からの照り返しと車の排気ガスで、不快指数は増すばかりである。人に道を訊き訊きたどり着く。その厳めしい建物は、埼玉県からの珍客を歓迎してくれるように見えた。手続きを終えて目録を見たときには、さまざまな思いが交差した。その蔵書の内容は期待通りのものであったからである。

図書館は文学館と違って風が動くように人が動いている。その動きも柔らかい感じがする。しばらくはこの雰囲気に浸っていたいような気分にさせる。

こうした篤志家による文庫は各地にあるようである。長野県の上田市立図書館には飯島花月の寄贈した、古い川柳関係の本があることを聞いている。いずれ訪ねてみたいと思いながら実行出来ないでいる。

埼玉県立浦和図書館には「清水美江コレクション」がある。これは浦和市在住の川柳家・清水美江が、昭和五十年に自分の蔵書の全てを寄贈したものを整理し、まとめたものである。その約六〇〇種、一万五〇〇〇点余と言われる(『川柳同人誌展展示目録』昭和五十四年、埼玉県立浦和図書館による)膨大な宝の山である。

美江は三年後の昭和五十三年十二月に他界するが、彼の業績とこのコレクションは、これからも、美江の川柳活動を証明してくれる縁となるはずである。

晩年に集められた蔵書は、購入やその他の収集については、図書館等へ寄贈することを目的にして、計画的に、かつ意欲的にやってきたようである。三省堂の『柳多留全集』などは始めからその目的で購入していた、と直接聞いた記憶がある。残念ながらこの全集は美江が亡くなってから完成したので、最終巻の索引はこのコレクションには含まれていない。搬入に際してはトラックで積み切れないほどであったと漏らしていた。

これらの一部は、昭和五十四年十月二十七日から十一月七日までの十日間、埼玉県立浦和図書館一階ホールで「川柳同人誌展―清水美江コレクションを中心として―」として展示された。その時は定期刊行物だけであったが、四一九点の同人誌が一堂に並べられているのを見せられると、それだけでかなりのインパクトになった。そこに込められた川柳人の魂のようなものが伝わってくる。多くの川柳人によって積み上げられた、歴史の重さを感じないわけにはいかない。歴史的に貴重なものが多いのは当然だが、文学史的にも見過ごしに出来ないものも含まれている。

清水美江には詳しく触れなければならないのだが、そのことで紙幅をとるのは本稿の趣旨を逸れるので、稿を改めて書いて置かなければならないと思っている。

美江は積極的に川柳を後世に遺すために、蔵書の寄贈という形で具体的に活動してきた。

ご承知のように川柳点の万句合の刷物から、呉陵軒可有によってまとめられた『誹風柳多留』によって、今日の川柳が文芸として命脈を保っていることは知られている。これは遺すという作業が、いかに大切かということを教えてくれている。現代川柳を残そうとする営為も、その時代に川柳に携わったものの務めの一つであることを、自覚させるに足る業績である。

埼玉県内でも美江にならうように、図書館に蔵書の寄贈などによって、川柳を遺そうとした人がいた。篠崎堅太郎である。彼は清水美江の門下で、十代の頃から川柳に親しみ、川柳を遺すということにも積極的に努力してきた人である。県内の川柳家の遺した蔵書を、その故人の地元の図書館等に寄贈の手続きをし、その実績を積み重ねてきた。時には遺族に理解されないで、つまらない誤解に悩まされたこともあったようだが、屈せず続けられたことを知っている。図書館によっては寄贈図書に積極的でないところもあり、ここでも不愉快な経験をしているはずである。

その彼も平成元年十一月に四十九歳の若さでこの世を去った。そして彼の遺志は少しずつ県内で理解されつつある。蔵書の寄贈が多くなってきているのである。

ところが現状はそのことを素直に喜べない現実がいくつか見られてきたのである。一つは蔵書を受け入れる図書館側の対応に変化が出てきたのである。つまり、寄贈の件数が増えることによって新たな問題が浮き出てきたのである。一つは保管設備に限界があるということである。もう一つはその手続きの煩雑さが増えて、職員の対応が追いつかないことである。コンピュータによる管理は、古いものに時間をかけているよりも、手っ取り早い新刊書で、利用者のニーズに応えていくのが精一杯で、小回りの必要な寄贈までは手間ばかりかかって、その実効が見えてこないということである。

私も遺族の遺志を伝えるために図書館を訪れたことが何回かある。その場合、寄贈書の処分については、図書館に一任するという条件がつけられる。その事情も分かるだけにそれ以上のことも言えないし、それでは故人の遺志が生かされないと悩んだ結果寄贈を諦めたこともある。

寄贈側にも故人の趣味への理解が乏しく、過剰評価や過小評価に悩まされることも少なくない。その思い込みで、蔵書に対する理解や対応が変わってくることである。粗大ゴミのごとく扱われることも少なくない。遺族としては故人の蔵書をモニュメントとしていつまでも、手元に置いて置きたいと思うこともある。この場合、川柳界からいつの間にか忘れられ、気が付いたときは代替わりしていて、蔵書の散逸を古書店で気づかされることもある。自分の蔵書は膨れ上がる前にきちんと分類して、誰が見ても分かりやすいように整理しておくと、資料としての即戦力になる。そうした資料をどういう形で処分したいか意思表示をしておけば、何かのときに役立つはずである。個人的な思い入れもあるだろうが、客観的な評価や相対的な資料としての位置づけは、どうしても専門家の知識に頼らざるを得ないのである。

近年は各地の図書館は設備も整い、どの図書館も蔵書量を誇っている。文学館も各地でさまざまな形を見せている。文学を遺す環境としては、恵まれた所に立っていると言っていい。

川柳を次世代に遺すというただそれだけの行為も、文学館や図書館に遺すというほかに、どんな形で遺すかという問題もある。作品は同人誌などに発表されることが多く、それはそのまま図書館や文学館、個人蔵としても遺るだろう。句集という作品集の形態もある。近年句集の刊行が盛んで喜ばしい傾向だと思っているが、それでも他のジャンルと比較するとまだまだの感は否めない。

句集刊行が盛んになることで、次に問われるのは質の問題だが、句集刊行で鑑賞、評論が盛んになりそこからそれを顕彰する賞も話題になってくる。作品群の後ろ楯があれば、世間にアピールすることが出来る。それがまた川柳を遺すという作業へと繋がってくるのである。

さらにはどんな作品を遺すかという、もっとも頭の痛い問題も解決しなければならない。無差別に遺して次代の選択に任せるというのが、一番確かなことかもしれないが、我々の意思として、遺すということも次の世代への責任ではないだろうかとも思う。

宇都宮駅で雑誌を一冊買い込んで、各駅停車の電車に乗り込む。学校帰りの高校生の姿が増え始めていたが、始発電車は座席にかなりの余裕を見せ、雑誌を拡げるにも充分なスペースを確保出来た。今回の小さな旅行を締め括るには、丁度良いエピローグになりそうである。各駅停車の速さが、私の体のリズムに合っているのか、一時間余りで大宮駅に着くまで快い時間であった。

大宮駅前に立つと、選挙戦たけなわであった。その演説を聞いていると、にわかに現実に戻されたような気分になる。演説のレトリックはあまりにもあけすけで、現実的である。ハムレットの悩みも霧消し、功利的なソクラテスが徘徊しているようであった。

（本稿は『文芸埼玉』六十号に掲載されたものに手を加えたものである）

定型のリズムは変わるか

はじめに

柳都の全国川柳大会は、平成九年も暑い盛りの七月初旬に、文字通り全国的規模で賑やかに行なわれた。この大会に毎年出席するのは、私が柳都川柳社同人であるということばかりではなく、東西の接点になっていて、その人々との交流に魅力があるからである。この年もたのしい一日になった。

今回はオール川柳の齊藤俊輔氏の「歌人から見た川柳／川柳の強さと弱さ」と題した講演に興味を持っていた。その講演で氏は、川柳の強さとして川柳の口誦性を挙げていた。川柳の口誦性は句会と定型によって培われてきたものである。他の短詩型文芸も定型でありながら、あまり口誦性が言われないとするならば、それは句会・歌会のありかたが変化してきたからであろう。川柳は今でも句会が盛んで、句会ではリズム感のある句、耳に心地よいものが印象に残るようになっている。俳句や短歌から口誦性が弱くなったのは、句会・歌会の衰退を意味しないだろうか。川柳だけが句会・大会を謳歌しているのは、文芸として立ち遅れていることの証明にならないだろうか。確かに後世まで人の口の端に残り、人口に膾炙されていくのは、リズム感のあるものである。しかしそれは、川柳の文芸性とは無縁に、後世に伝わるものである。文芸性を志向する川柳は、定型から遠退いていくのではないかという、漠然とした不安がある。

リズム感の側から川柳の将来を予測してみたい。

川柳の文芸志向

川柳の起源は柄井川柳の前句附から説くのが普通である。定型としての川柳や、後世言われる川柳性も、ここから始まっているのだから当然と言える。私の場合はもう少し遡って、俳諧の連歌、つまり山崎宗鑑、荒木田守武辺りから説き起こす。その理由は下克上という時代を無視できないからである。世の乱れは市民意識を目覚めさせ経済的な裏づけを背景に、文芸に縁のなかった人たちにも、親しみ易い俳諧として普及させる、時代背景となっているのである。ここから市民レベルが文芸を手に入れることが出来たのであり、五・七・五という力強いリズム感に共感していった、最初の人たちがいるのである。

その後、俳諧は座の文芸として、市民層へさらに浸透していく。やがて前句附を誕生させ、川柳という形で独立する。その中で口語の定型として、五・七・五の十七音を確立させる。

近代以後の川柳は意識的に文芸志向を強くして、その地位を確立しようと、歴史的しがらみと戦ってきた。その戦いに、リズムとの格闘がある。五・七・五を肯定し、あるいは否定しながら、その試行錯誤はまだ続けられている。

パチンコ屋　オヤ　貴方にも影が無い　　冨　二（中村冨二・千句集より）

人口に膾炙され、語り継がれてきた、あまりにも有名な冨二の作品である。この句が今でもその輝きを失わないでいるのは、時代を的確に切り取っているからであるが、それ以上に定型を踏まえて、人々の口の端に乗りやすいリズムがあるからである。しかしながら、一字空けの工夫や、一部に片仮名表記を用いているのは、眼から読み取ることを意識しているからでもある。それはとりも直さず文芸志向の現われでもある。

句会を中心に考えれば、定型は続いていくであろう。しかしながら活字メディアの浸透は、視覚からの情報を豊富にし、理論的なことは耳からの情報よりも、どうしても眼からの情報に頼ることになる。文芸は基本的には文字を通して表現され、それによって読者として、作者の創り上げたイメージを享受出来るのである。作者はイメージを的確に伝えるために表現を工夫する。ジャンルの選択や、レトリックがそれである。冨二のパチンコの句に見られる技巧も、読まれる時の印象を考えてのものである。川柳の文芸志向はこれからの川柳のリズムに、大きな影響を与えるだろうという予測は容易である。

言葉の変遷を読む

本ぶりに成て出て行雨やどり　　柳多留初篇

四月一日もう逆立ちが出来ませぬ　タカコ
ジャンジャンジャン我等夫婦に迫る危機　八千代
深海のスタジアムは　超満員　朝世
水翳るなりガルシア・マルケス食まずとも　荻原久美子
ウェイテングサークルにいる勝負師よ　麦彦

古川柳のお行儀の良さが目につく反面、現代川柳の言葉の多様さに驚かされる。もちろんそうした句だけを捜し出した訳だけれど、これからの川柳のリズムを占う材料にならないだろうか。

古来の恋歌と俳諧の連歌の違いを小西甚さんは『俳句の世界』でこんなふうに述べている。「──連歌と俳諧との差異は、俗語および漢語を含むか含まないか、表現が刺激的であるかないかによって区別される──」と。つまり、俳諧は連歌に比べて俗っぽくて、漢語を使用し(これを新しいと考えるのは早計か?)、刺激的であると言っているのである。連歌よりも俳諧が新しいものと考えても間違いとは言えないと思う。しかも使用している言葉を通しての区別であるのが興味深い。これらの特性は、そのまま前句附に結びつけられる。この俗っぽさは後に口語表現として、さらに日常的表現を獲得していく。

古川柳の世界が定型に対して疑問をもたれないまま続いたのは、封建社会という身分制度に変化がなかったからである。しかし、明治中期の久良伎・剣花坊の川柳改革以後には、さまざまな試みが繰り返される。外国からは新しい考え方が新しい言葉とともに入ってきて、新しい言葉を作っていった。川柳も変わらざるを得なかったのは、外側からの刺激があったからである。

本稿を執筆する三年前に「定型について」という小文を書いた。少し長いが引用させて頂く。

「定型の短詩が伝統のリズムの上で安閑としているうちに、詩の世界では自由のリズムを獲得している。現代詩の流れを見てみるのも無駄ではないだろう。

明治十五年に『詩体詩抄』が出て、詩の夜明けを告げる。その後『若菜集』も『海潮音』も格調高い七五調のリズムに支えられて、ひとつの時代を切り開いていく。新体詩は外国、殊に欧米の文化や思想を吸収しながら、かたちを変え、完成へと向かう。欧米の文化や思想や技術は翻訳されて、漢字を組みあわせた新しい日本語を誕生させる。さらに言文一致運動も同時に進行して、七五調のリズムも転機を感じて崩れ出す。その変化の過程で新体詩は自由詩に衣を替え、現代詩へと繋げていく。伝統の重圧のないジャンルだからこその勝利であるのかもしれない。漢字の組み合せによる熟語は、七音や五音のリズムに馴染まなかったからではなかろうか。」

現代詩はリズムを捨てたことで、言葉の選択の自由を獲得したのである。川柳にそれは可能かと問われても、そこには幾つか難問が横たわっている。近年はさらに外国語がストレートに、何の抵抗もなく会話や文章に紛れ込んでいる。

これは高等教育の浸透とか、日本の国際化など、外国語そのものに抵抗がなくなってきているからである。ところが外国語は、一つの単語が日本語に比べて長い上、発音の区切りが鮮明でないものが多い。「カタカナ語の辞典」からそんな例をアトランダムに拾ってみる。『アイデンティティ』『フェティシズム』『パフォーマンス』『スケープ・ゴート』『ターニング・ポイント』『ダイニング・キッチン』などなど、いずれも日常会話の中で抵抗なく受け入れられている。服飾界や電子産業など、新しい技術は外国語のなかで生産されていると言ってもいい。そういう言葉を川柳が無視し続けてはいられなくなるだろうことは、先の例句が示すとおりである。これに流行語が加わると、定型についての問い直しが出てくるのは自然かもしれない。

しつこいようだが、もう一つ川柳のリズムに影響を与えそうなものがある。それは川柳家の平宗星さんや四分一周平さんの文章にも出てくる、インターネットを始めとする、電子メディアの普及である。

電子メディアの画面は普通、横表示である。プリントは縦書き可能のものもあるが、実際には難しい。最近の若い人は横書きの文章に抵抗がない。手紙なんかもほとんど横書きである。川柳ばかりでなく、文芸全般に横書きは馴染めないような気がする。

横書きの句集・歌集がすでにあるようである。私のように横書きに抵抗があるということは、すでに現代人ではないのかもしれない。積極的に立ち向かうことで、定型についての影響も対処出来るかもしれない。

まとめとして

川柳のリズムに影響を与えるだろう要素を、幾つか見てきた。それらをすべて飲み込んで、川柳が現在の定型をどう変えていくのだろうか。あるいは変わらないのだろうか。平宗星さんは、「二十一世紀の川柳では、〈五七五〉の〈外在律〉が解体され、各自の呼吸に適した〈内在律〉が一般的となる」としている。そのことに異論はないが、現在の定型が消滅するということは考えられない。現在の定型川柳の勢いを見ていると、そういう思いを捨てることは出来ない。

俳人の金子兜太氏は飯島耕一氏との往復書簡のなかで「『音数律』一本で定型を考えております」としている。さらに「身近なところで自由律の俳句がありますが……五・七・五字音の音数律を無視あるいは拒否して、一行詩の方向へ動いてゆきましたが、ついに定型としての定着を得るまでに至りませんでした……」としている。

川柳でも試行錯誤としての定型否定の模索は、紆余曲折して続けられるだろうが、確たる所に定着するには気の遠くなるほどの時間が必要となるだろう。

川柳が十七音の定型であることは、川柳が川柳であるための必要条件なのであろうか。例句を始めとして多くの破調の句があることを知っているし、そうした句も川柳として認知されてきている現状がある。ボーダレスの時代と言われて、川柳と俳句の境界線が曖昧になるなど、川柳のアイデンティティをどこに求めるかが難しくなっている。しかしながら、川柳から十七音の定型を外してしまえば、それはただの一行詩になってしまうだろう。川柳の依って立つ所はやはり五・七・五の定型に帰着するのである。その上で、破調や自由律も包含して、懐の深いところに、定型の安堵感を求めていくのではなかろうか。そうなるとそれは現状の形を追認しただけに終わってしまう。

現在、革新と伝統と二つの陣営が、かつてほどその主張をあからさまにしないで、むしろ共存したかたちで川柳界は成立している。しかしながら、川柳界のこの二つの対立がひとつに解け合うことはないだろう。定型の最終的な変化は革新川柳側が担うことになる。

そこで文芸性の問題や口誦性の問題も、新しい言葉や外国語への対応も、時間をかけながらも解決していかなければならない。反対陣営がそれを批判したり、槍玉に挙げたりしながら、軌道修正するのも自然の成り行きである。意識するしないにかかわらず、どちらかに振れる力の作用は、不思議なほど無視出来ないものになっていくのである。

二十一世紀の川柳がどうリズムを変えるにせよ、俳諧から生まれたバイタリティを失わない限り、次の世紀へバトンタッチされるまでがやがやと、うるさく続けられるであろうことは、今から予想されるいちばん確かな手応えである。

川柳と俳句の違い

ただいま過分なご紹介をいただきまして、結婚披露宴の花婿の心境でございます。

永井由清先生とは、先程先生のお話にありましたように、埼玉県文化団体連合会を通じて色々お世話になり、ご指導をいただいております。先生は俳句がご専門ですが、川柳にも大変理解をお持ちであるということで、大変私どもとしては感謝しているわけです。正しく理解してくださっている、ということは、川柳もいいことばかりではなく、悪いところもあるわけで、そういった両面を含めて理解していただいている、というふうに思っています。川柳界にとって大変有難い存在です。

今日は、川柳と俳句の違いについて、ちょっと話をしてくれとのご依頼でしたので、そんな形で用意したのですが、私は先程ご紹介いただいたように、新潟生まれの新潟育ちでありまして、十二月から四月まで雪の中なのです。ですから、しゃべることが下手なのです。その上、現役時代は印刷会社におりまして、校正という仕事をやっておりました。これまた余りおしゃべりとは縁がありません。ただひたすら黙々とやる仕事でしたので、今日はこれから一時間半、お聞き苦しいところがあろうかと思いますが、よろしくお付き合いいただければと思っております。

川柳と俳句と、どう違うかということに早速入りますが、皆さんが作っているのが俳句で、私が作っているのが川柳、というところまで、川柳と俳句が非常に近寄っているというのが現状だと思います。

川柳と俳句の違いについて、色々な人が色々なことを言っています。

私が読んだものの中では、川上三太郎という、この人は川柳六大家の一人と言われる人ですが、その人が、俳句のある人と懇談をしまして、「俳句の方で領域を決めてくれ、残ったものを川柳が貰う」と、随分乱暴なことを言っているのです。それから、大西泰世という川柳作家は、俳句のアンソロジーなどにも作品を載せている、境界線上にいるという人なのですが…、そういう方はほかにもいます。その人は色々書いています。今年出ました『國文學』という雑誌に「より真摯に自己の内部を見詰めて作句をしようとすればするほど俳句と川柳が自ら重なり合ってしまうことが否めないのではないか、それぞれの作家の拠るジャンルへの絶対的信頼度と読み手のきょうの振幅にしか、両者の境界を見定めることは出来ない」というふうに言っています。

つまり私が申しましたように、俳人が作ったのが俳句で、川柳家が作ったのが川柳で、その作品に責任を持ちなさい、ということではないでしょうか。

それから今、読売新聞で時事川柳の選をしている尾藤三柳さんは、「俳句は抒景で、川柳は抒情だ」と言っているのです。これも大胆な言い方なのですが、ある一面を突いているという気はします。

それから、最近出た『俳句と川柳』。神奈川大学教授の復本一郎さんが書いた本。この人は〈俳句はキレ〉がある、と言っているのですね。切れ字は俳句の中で使われていますが、〝古池や蛙飛び込む水の音〟の〝や〟のことですね。

皆さんに切れ字の効用についてお話しするのは釈迦に説法といいますか、そういう話になりますのでしませんが、川柳には〈キレ〉がない、というのですね。それは、どういうことでしょうね。

〝朝顔や釣瓶とられてもらひ水〟という千代女さんの有名な俳句がありますが、これも〝や〟が切れ字です。同じ千代女さんの色紙に〝朝顔に釣瓶とられてもらひ水〟という句があって、そういう色紙が、本物かどうかは別として残っているのです。

〝や〟の方は切れ字があって、切れがあるわけですよね。〝に〟の方は切れがない。で、もう一つ…。『七曜』という雑誌の由清先生の句に〝縄跳の弧線　夕焼褪せぬまで〟というのがあります。この句、切れ字は入っていないのですが、一字空きで切れ字の効用を表わしているのではないかと思っています。竹ノ谷ただし先生の句には、切れ字が入っていますね。〝先帝の歌碑や青葉の中にあり〟。〝縄飛の弧線〟で切れ、〝先帝の歌碑や〟で切れるわけです。この〝や〟を〝は〟にすると、〝先帝の歌碑は青葉の中にあり〟となり、切れがなくなるのです。散文といいますか、文章になってしまいます。

川柳は詩ではないという人がいます。これには色々議論がありますが、その根拠は、散文に非常に近いというところなのですね。

私が川柳をはじめたのも、この辺に理由があるのかと、自分で理由付けをしています。ただ、若いときは小説ばかりに読んでいまして…、それも文学作品なんていうものじゃあない、吉川英治とか、司馬遼太郎とか、そのへんを読んでいましたし、エッセイなんかもよく読んで、散文に親しんでいました。そんなところが、散文に近いということで川柳を選んだ一番の理由ではないかと、自分なりに分析をしているのです。

さて、川柳と俳句の違いが切れ字に因っているというのも、ある一面の真実だと思うのですが、やはりそれだけでは分けられない部分があります。というのも、今の川柳には〈キレ〉のある句が沢山あります。そこで私は、復本一郎さんの説を拝借して〈俳句は文語発想だ〉というように言っています。文語的発想ですね。川柳は〈口語、口語的発想〉というような言い方をしています。

五・七・五そのものが、やまと言葉のリズムではないかと思っているのです。

ですから、俳諧は俗語であるとか漢語を非常に多用しているわけで、そういう意味では川柳は必ずしも五・七・五というリズムに馴染まない、という言い方は極端ですが、俳句や短歌に比べるとちょっと弱いのではないかな、というふうに思っています。

岩波新書に『古川柳』という本がありますが、これを書いた山路閑古さんはそれを〈内在律〉、意味によってリズムを作るのだ、と言っています。

例えば、一番古い川柳点万句合の開キに、〝にぎやかな事にぎやかな事〟という前句に対して、〝ふる雪の白キをみせぬ日本橋〟という句があります。つまりこれは意味によってリズムがある、というようなことを言っているのです。ですから、川柳と俳句が比較されるのは、五・七・五が同じであるというところから来ているのであって、短歌と俳句の違いとか、短歌と川柳の違いなんていう話は余り聞かないと思います。

ですから、悪い言葉で言えば縄張り争いみたいなものがあるのかという気もしますが、やはり川柳と俳句の本当の違いは、歴史的な流れの中にあるのではないかと私は最近考えています。

つまり、俳諧における発句と平句。これが今でもそういう尻尾を持っていて、頑固に俳句は俳句、川柳は川柳という、そういうジャンルに拘っているのではないかと思います。

そんなことで、今日の話は、川柳の歴史を通して皆さんに川柳はこういうものだということを理解していただいて、その中で皆さんの中の俳句と比較していただきたいのです。そして、その中で俳句と川柳の違いというものを、おのおのの形で自分自身で理解していただければと思っています。

俳諧の前に連歌があります。飯尾宗祇という人が、連歌を完成させたといわれています。室町後期でしたね、あの人が活躍したのは…。

宗祇は、埼玉県に因縁が深い人なのですね。本庄市に五十子《いかっこ》という土地があります。東五十子、西五十子というのがあって、昔そこに五十子陣というのがあって、上杉勢と喧嘩したところでもあるのです。そこに飯尾さんが逗留して、長六文という秘蔵書を残しています。それから川越（河越）にも来ているのですね。

この人は、いわゆる俳諧師ではなく、連歌師です。連歌師というのは頻繁に旅をしています。あっちこっち廻って…。ですから、芭蕉隠密説なんていうものまでありますね。

そのあと、俳諧では荒木田守武や山崎宗鑑などが出てきます。特に宗鑑は『犬筑波集』という撰集を出しています。これは大変くだけた内容で、今日は女性が多いので口に出すのも憚られるような内容のものが多いわけですが、それほど俳諧がくだけてきたのですね。

私は歴史を三つに分けて、古代は貴族の時代、中世は武士の時代、近世は市民あるいは町民の時代としています。

室町末期というのはもう戦国時代ですよね。そこで俳諧が完成したということは、非常に大きな意味があると思うのです。

織田信長が楽市楽座を作ったりして、市民層が非常に力を得てきていました。経済的にお金持ちになると、教育が普及するわけですね。識字率が上がってきて、勉強し、知識欲が高まってくる。そういった時代背景の中で、俳諧というものが盛んになってきたのではないかと思います。

そういう意味では、川柳や俳句の原点はこの辺りにあるのではないかと思うのです。

その後、皆さんもご承知のように、松永貞徳や談林派の西山宗因などが活躍するのですが、その中に井原西鶴がいます。『日本永代蔵』などという小説も書いていますが、皆さんご承知の矢数俳諧では一昼夜で二万三千五百句も作っているのです。凄いですね。

この辺までは談林風の俳諧なのですが、元禄期に芭蕉という俳諧師が現われまして、蕉風という独得の芸風といいますか、文芸観を確立していくわけです。

それまでは、〔付《つけ》〕というのは〔言葉付〕〔物付〕といったものでしたが、芭蕉は〔匂い付〕ということを言い出して、現代詩に近い境地を開拓したのです。

そんなふうに、俳諧そのものはもともと言葉遊び、文字遊びの要素が多かったものを、芭蕉が俳諧の連歌の発句を独立させて俳句が歩み始めました。もっとも当時は俳句という言葉はありませんでしたが、そんな中で所謂江戸座俳諧の人達がそれまでの物付といったようなものに江戸っ子の洒落っ気のような気風を伝えているわけです。その総師が其角というわけで、その門下、孫弟子ぐらいに慶紀逸という人がいて、この人が『武玉川』というものの編集をしました。

その前に前句付に触れておきましょう。雑俳というのをご承知でしょうか。前句付であるとか、物者《ものは》付とか、折句とか、冠付、沓付、回文など色々ありますね。

これらは俳諧の鍛錬の方法として用いられていたようですが、その中で前句付が元禄あたりに上方の方から非常に盛んになってくるのです。芭蕉も伊賀の人ですし、西鶴も難波ですね。

元禄期の前句付というのは、まだ今でいう関西、昔の上方で盛んなだけで、関東、江戸ではぼつぼつといったところでした。

先程申しました山崎宗鑑の『犬筑波集』の中に〝切りたくもあり切りたくもなし〟という前句に対して、〝ぬす人をとらへてみればわが子なり〟という付句があるのです。

このように前句が単純になって、七・七の題に対して五・七・五を付けるという前句付が盛んになり、一種の商売である興行で、賞品や賞金を出して募集するようになって、それが射倖心をあおるというので禁止になったりするのです。

それが再び盛んになるのは、宝暦前後です。

この時代は完全に江戸の文化です。つまり江戸っ子という意識が芽生えて、そういう言葉が使われ出して来たのも宝暦、明和の頃ではないかといわれていますが、江戸独特の文化が定着してきた時代だといわれています。

江戸時代というのは、三つに分けることが出来ますが、元禄時代に発展した元禄文化があるように、非常に平和な時代でした。それから宝暦が一七五一年から一七六四年ですから、約六十年経っているわけです。それから宝暦を頂点とした文化・文政一八〇〇〜三〇年頃(文化一八〇四〜一八一八年、文政一八一八〜一八三〇年)、このあたりが江戸文化の爛熟した時代です。元禄というと西鶴、芭蕉、近松門左衛門もそうですが、上方が中心だったわけです。

芭蕉も確かに向こうの出身でしたが、奥の細道の旅立ちの場所は深川ですよね。その前に活躍の場を当然江戸に移していますので、ここが時代の転換期ともいえます。

宝暦という江戸の文化が爛熟した時代に川柳が発生したというのは、非常に意味があると思うのです。

元禄があって、宝暦があって、文化・文政。こういう江戸時代の流れがあって、この時代に川柳が出て来たということに非常に大きな意義があると思っています。いまだにそういうことが燻っているような気がします。

前句付が江戸に表れる頃は、万句合という形でやっていました。

万句合というのは前もって出題しておいた七・七の前句に対して一般公募した五・七・五を、点者（選者）が選をし、順位を付ける興行ですが、そもそも俳諧が七・七に対して五・七・五を付け、五・七・五に七・七を付けますよね。

そういうのが江戸座の中では残っていて、先程言った其角の孫弟子ぐらいにあたる慶紀逸という人が「武玉川」という撰集を出します。やはり俳諧集ですから、七・七の句も載っているのです。

○朝顔に追いたてらるるさしむかい　初篇

私、これ、最初は新婚さんの朝の風景かなと思ったのですが、ちょっとおかしいなと思って、吉原あたりの後朝の別れを詠んだものかな、とも思ったのですが、それとも違うのです。熊野《ゆや》という能をご存じの方、いらっしゃいますか。私は本で知った程度ですが、平宗盛の愛妾に熊野という人がいて、そのお父さんだかお母さんだかの召使いが朝顔という名前なのです。それで、その朝顔がお母さんの危篤を熊野に知らせにいったのです。そこで〝朝顔に追いたてらるるさしむかい〟。つまり、差し向かいでいるところを何かに追い立てられる。それを〝朝顔に……〟という背景で詠っているわけですね。

俳諧にしても俳句にしても、こういう裏話がよくあるのですよね。特に芭蕉も故事を知らないと、特に中国の偉い人の書いたものを知らないと理解できないという句が沢山あります。川柳にも結構あるのです。俳諧のなぞなぞに通じるものです。

以下は川柳ではありませんが、

○一段聞いて帰る仲人　四篇

一段、これは琴ですよね。

○松が岡をとこに犬の吼えかかり　六篇

これはもうお解かりですよね。松が岡。鎌倉の東慶寺のことです。

○ふくれた顔が紺屋から出る　十篇

七・七です。これは紺屋のあさってです。また約束を破られた、ということです。

○子を寝せつけて巫女の足取り　十三篇

これも七・七。子どもが寝付いたので、そっと側から離れる。その足取りを〝巫女の足取り〟としたあたり、俳諧的かなあと思います。

○腹立てて差す傘《からかさ》は開きすぎ　十六篇

これはよく解りますよね。

このように『武玉川』には川柳の原形を持った作品が多いわけです。これが十八篇まで出ています。『武玉川』というのは、六つの玉川ということで、歌枕にあるようです。この「武」は六つのムと武蔵のムを表わしているのです。

これは、初代川柳が立机《りっき》(宗匠として認められ、文机が与えられること)する七年ぐらい前、一七五〇年頃に初篇がでているのですね。

この『武玉川』が川柳に大きな影響を与えたと言われています。

これには色々な特徴があるのですが、それまでは前句《まえく》と対《つい》で鑑賞するものだったのですね。先ほどの〝切りたくもあり切りたくもなし〟という前句には〝ぬす人をとらへてみればわが子なり〟という付句でした。これだけでも独立していますが、〝切りたくもあり切りたくもなし〟という前句があったほうが面白さが増してくるわけです。それを、そういうものでなくて、独立してもわかる句「前句を添侍《そへはべ》るべきところを、事繁《ことしげ》ければこれを略す」と言いました。これについてはまた後ほど話しますが『誹風柳多留《はいふうやなぎだる》』の編集者はもうちょっと進んだことを言っているのです。

そんな影響、雰囲気の中で突然、柄井川柳《からいせんりゅう》という人が出てきます。この人は、生まれた年はよく解っていないのですが、一説には一七一八年〜一七九〇年、七十三歳で死んだことになっています。浅草新堀端に住んでいて、龍宝寺門前町の名主をしていたらしいのです。お墓も龍宝寺（台東区蔵前四―三十六―一　金剛山・薬王院）にありますし、辞世〝凩やあとで芽をふけ川柳〟の句碑もありますが、この句が本当に初代の句かどうか、はっきりした証拠はありません。

この川柳さんが、一七五七年の宝暦七年に、万句合の点者として立机するわけです。そして万句合の興行をしたり、『川柳評万句合』という刷り物を出すのですが、これは本ではなく一枚刷りの刷り物ですので、なかなか今に残っていません。

万句合をしていたのは初代川柳だけではなかったのですが、最盛期には二万幾つか集めているのです。しかも募集を江戸府内に限っていたことが、江戸っ子のプライドを刺激して多く集まったのかなと思います。

それだけでなく、初代川柳の選が非常に卓抜だったということもいえると思います。立机してすぐの、最初の万句合は二〇七員とありますね。つまり二〇七句しか集まらなかったのです。その中で十三句が入選したのですが、その中に先程言った〝ふる雪の白キを見せぬ日本橋〟などという句も入っているのです。

柳多留に入っている〝五番目ハ同し作ても江戸産レ〟。これも前句〝にぎやかな事にぎやかな事〟の入選句で、これだけが柳多留に入っているのです。

柳多留というのは正しくは『誹風柳多留』といいますが、初代川柳が選をしたもの、万句合の選をしたものの中から更に選抜して載せているのですね。だから面白い句が一杯残っています。

『誹風柳多留』の初篇は一七六五年に刊行されたのですが、これを編集したのは、呉陵軒可有《ごりょうけんかゆう》です。芭蕉などもそうですけれども、その人の偉業を伝えるのは、そのお弟子さんといった周りの人なのです。川柳の場合も、初代川柳は選をするだけで何も残していません。

この柳多留の初篇に呉陵軒可有が序文を書いていて、その一節にこうあります。

「さみだれのつれづれにあそこの隅、こゝの棚より、ふるとしの前句附のすりものをさがし出し、机のうへに詠る折ふし、書肆某来りて、此儘に反故になさんも本意なしといへるにまかせ、一句にて句意のわかり安きを挙て一帖となしぬ。なかんづく当世の誹風の余情をむすべる秀吟等あれば、いもせ川柳樽と題す。」

「一句にて句意のわかり安きを」とありますが、これは『武玉川』では「その前句を添侍るべき所を、事繁ければこれを略す。」という消極的な言い廻しに対して、ここでは「一句にて句意のわかり安きを挙て一帖となしぬ。」と編集方針をきちんと伝えているのです。

川柳作家はこの辺に重きをおいて見ていますが、私は「なかんづく当世誹風の余情をむすべる秀吟等あれば」、この「余情をむすべる秀吟」辺りが非常に俳諧に近くなっているのではないか、芭蕉など一派の人たちが言っていることとはちょっと違いますけど…。

川柳や前句付は、余り余情ということに重きをおいておりません。膝ポン川柳といわれる、膝をポンと打って「ああわかった、成程面白い」という、〝本ふりに成て出て行雨やとり〟のようなものばかりではなく、余情というところに重きをおいたのは可有の大きな手柄じゃないかと思っているのです。他評万句合の中にある〝月へなげ草へ捨てたるおどりの手〟も、とても詩情がありますよね。これは『柳多留拾遺』に載っていますが、これも岩波文庫の中にありますので、機会があったら読んでいただきたいと思います。

川柳評万句合が盛んになって、二万句という句を集めて、さらに『柳多留』が出たということが刺激になっていると思うのです。『柳多留』が出たのが一七六五年です。この年に初篇が出て、その後、年一回、二年に一回の割で出ているのですが、全部で一六七篇まで出ています。そのうち初代川柳の選による作品は二十四篇までで、岩波文庫に載っているのはここまでです。つまり、文芸的価値のあるのはここまでだという評価なのですね。

江戸時代、三大改革というのがありました。町人が力を強めてきたり、幕府を批判してはいけないとか、余りエッチなことを言ってはいけないとか、色々いわれて、狂句に入ってしまうのです。

『柳多留』二十五篇以降の句を紹介します。

○野や草を江戸へ見に出る田舎者　三一篇　文化元年

野や草は田舎にもいっぱいあるじゃないか、というのですが、その裏は江戸の上野や浅草のことをいっています。

○亀四匹鶴が六羽の御縁日　五四篇　文化八年

鶴は千年、亀は万年といいますね。四万六千日という縁日が浅草（寺）にありますが、完全な駄洒落です。

○島へ島忍んだ果は島の沙汰　八八篇　文政八年

生島（山村座の役者・新五郎）が江島（大奥女中絵島とも）のところへ忍んでいって、挙句の果ては島流し（信州高遠）にあいました。

○泥水で白くそだてたあひるの子　一〇五篇　文政十二年

吉原を苦界といいますよね。つまりそういう泥水の中で育っても、あひるは白いっていうのです。これも言葉遊びですよね。このあひるというのは単なる鳥のあひるではありません。言葉は適切でないかも知れませんが、安女郎のことです。まあこういう泥水の中のようなところで育っても、年頃になると奇麗になるということも含めてあるのでしょう。

○晴天に稲妻の出る西の方《ほう》　一三一篇　天保五年

これは雷電為右衛門のことでしょう。西の方というのは西方《がた》のこと。川柳で西というと西方浄土なのです。北というと吉原です。〝親爺まだ西より北へ行きたがり〟などという句もあります。

このように狂句というのは言葉遊びに堕ちてしまって、文芸的には殆ど価値がないというふうにいわれてきました。でも最近では見直されて、いろんな人が読み直してします。私もやっと最近『柳多留全集』を手に入れて読み始めたのですが、今言ったような作品は参考書を片手に理解しようとしても、九十九%は解らないですね。これから勉強していこうと思っております。

狂句そのものは非常に盛んになる一方で、作品自体は堕落していくのです。ただこの堕落した、という言い方は現代の視点、目の位置でのことで、当時としてはこれで良かったわけです。そういう時代でもあった、ということでしょうか。

川柳に限らず、俳句でも短歌でも、長く平和な歴史があるせいか、そういう時代もあったようですが、明治になって正岡子規が出て、俳句も短歌も変わったのですね。ここで埼玉県に関係する川柳を探してみたらありました。塙保己一さんは、目が不自由でありながら検校にまでなって、番町に学問所を開いて『群書類従』という本を出した立派な人なのですが、この人も川柳に詠まれているのです。ここに挙げました。

番町で目明き盲に道を開き　　出典不明

これは、昔の国定教科書にも載っていたのです。

ただ、私の調べた範囲では出展が明らかではありません。多分、万句合の刷り物の中にあったと思うのです。

これには、いくつかキーワードがあり、〔番町〕とか〔盲〕とか〔道を開き〕とか、狂句の時代の作りでしょうから、そんなに深い内容のものではないのです。

なぜ番町かというと、二つの意味があります。


番町をさかなのさがる程尋ね　　柳多留　十九篇

つまり、先程言ったように塙保己一の学問所があったということと、番町にさかなを届けに行った魚屋さんが、道がわからなくて、さかなのさがる（くさる）ほど尋ね廻ったということですが、それほど番町というのは道が分かりにくいところだったのですね。ですからここでは、わかりにくい番町の道と、学問の道を説いている、ということをかけています。

他にも何句かありますが、ここでは公表を憚かられるような内容なので省きます。こういうのもありました。天保の頃、『三芳野柳多留』というのが川越で出ているのです。この三芳野は川越の昔の名前です。

これには、五代川柳腥齋佃と、卍老人こと葛飾北斎の二人が序文を書いているのです。葛飾北斎の川柳も本になって出ていますから、読んでみてください。

そんな雰囲気の中で明治維新を迎えるわけですが、明治初期の川柳は復古調なのですよね。明治二十年代に正岡子規も万葉集にかえれ、蕪村を見直せなどといっています。これらは『日本』という新聞に書いていますが、川柳も同じ『日本』という新聞から改革が始まっているのです。

この新聞の社長は陸羯南《くがかつなん》という人なのですが、同社主筆の古島《こじま》一雄が阪井久良伎という人を選者にして、紙上に《芽出し柳》を、二回目から《猫家内喜《ねこやなぎ》》という欄を設けたのですが、意見が合わず短期間でやめ、その後『電報新聞』に移り《新柳樽》という欄で活躍しました。

『日本』の方は久良伎ののち、山口の萩藩の生き残りの井上剣花坊《けんかぼう》という人が入って来て《新題柳樽》という欄を始め、川柳の改革をすすめるわけですが、その時も「初期柳多留にかえれ、狂句百年の負債をかえせ」というスローガンで川柳の改革を始めたわけですが…。

次に挙げるのは、明治時代の狂句です。

○瓢箪を下げて鯰も花見に出　和多留
ここでいう〔鯰〕は、ナマズヒゲ。お役人のことです。
○早乙女の笠は田毎のひるの月　真米
綺麗な句ですよね。信州にある田毎の月をふまえています。
○桜炭パチリ咄シの枝を折り　遠三
わかります。これは、いい方なのですよね。

それから、《団珍《まるちん》狂句》というのがあります。

これは明治十年創刊の『団団珍聞』の狂句欄で、梅亭金鵞、次に鶯亭金升が選をしていました。まあこれは比較的時事的なものを取り上げています。
○洋学者み丶ずを餌に官を釣り
み丶ずというのは横文字のことですね。
○柳橋鯰が釣れて繁昌し
前にもありましたが、鯰はナマズヒゲ、お役人のことですよね。
○午後三時永田町から花が降《お》り　久良伎
この頃、永田町に女子学習院の前進の華族女学校があったのです。
○広重の雪に山谷は暮か丶り　三囲神社句碑

三囲神社にある句碑です。ここには句碑とか歌碑がとても多いのですね。五代、六代、九代川柳の句碑がありますが、その中のひとつです。

○五月鯉四海呑まんず志　市川市国分寺

久良伎の句ですが、久良伎は『五月鯉』という雑誌を出しています。埼玉県でも久喜あたりにひぐらし会というのが出来まして、久良伎の影響を受けた人たちがここで川柳を始めた、というふうに言われています。

井上剣花坊は『日本』の川柳欄開設二周年を機に《柳樽寺《りゅうそんじ》川柳会》を創立しましたが、この人の有名な句に〝咳一つ聞こえぬ中を天皇旗〟というのがあります。これは大正天皇の即位の時の句ですが、鎌倉の建長寺にその句碑があります。

明治期の川柳（新聞川柳欄）は、

・電報系＝電報新聞　新柳樽　阪井久良伎
・日本系＝新聞日本　新題柳樽　井上剣花坊
・読売系＝読売新聞　こぶ柳→新川柳
　　　　　田能村朴山人→窪田而笑子

などが主なものですが、この人たちのことは名前だけでも覚えて頂ければ幸いです。

大正時代の川柳界に、吉川雉子郎という川柳家がいました。

この先を考えてゐる豆のつる　　雉子郎

この人が後の吉川英治です。貧乏時代、川柳や俳句を作って投句して、賞品稼ぎみたいなことをしていたのだと思います。

〝柳原涙のあとや酒のしみ〟という句もありますが、後で味わっていただきたいと思います。

大正時代の句には、

一粒の米のかたちに驚きし　　一二

というのもあります。今までの川柳とちょっと変わっているなと皆さんお思いでしょうね。一二は名古屋で活躍し、川柳の改革を更に進めました。森田一二《かつじ》といいます。

足があるから人間に嘘がある　　五呂八

これも、人間同士、人が集まるところには…、というところでしょうか。作者の田中五呂八は北海道小樽の人です。

絵の具屋のしょうことなしに絵がたまり　　蘭華

というのもあります。

昭和前期の川柳に移ります。

前田雀郎、川上三太郎、村田周魚、岸本水府、麻生路郎、椙元紋太。これを六大家とか、六巨頭と呼んでいます。昭和四十五年に椙元紋太が最後に亡くなるのですが、それまで日本の川柳界をリードして来た人たちです。

岸本水府のことは、田辺聖子さんが『道頓堀《とんぼり》の雨に別れて以来なり』いう伝記小説に書いています。上・下で一二〇〇頁ぐらい（文庫版上・中・下）になるのですが、この本を読むと大体、近・現代の川柳史がおぼろげながら理解出来ると思います。

田辺聖子さんは、どういうわけか川柳に理解がありまして、『古川柳おちぼひろい』や『川柳でんでん太鼓』という本も書いていますから、皆さん機会があったら読んでください。今、岩波のＰＲ誌の『図書』に田辺聖子さんが『武玉川』を書いています。

天水を溜めて戦になれた兵　山崎　涼史

この句の作者は川越の人です。

なぜこの句を紹介したいかというと、昭和十五年に出した句集に出ているのですが、戦地報告なのです。時代が時代ですから、差別用語もありますし、今では通用しない句もありますが、それらを別にしても戦地の生々しい現状が伝わってくる句集です。

手と足をもいだ丸太にしてかへし　鶴　彬

鶴彬は、反戦川柳ですね。石川県の生まれで、金沢市と岩手県の盛岡市黒石野に句碑があります。この句は盛岡の方にあり、お墓も盛岡にあるのです。

なぜ、鶴彬が盛岡のお墓に入ったかというと、よくわからないのですが、たぶんお兄さんがお骨を引き取って埋葬したのだろうと思います。

反戦川柳家というので〝エノケンの笑ひにつづく暗い明日〟などというのもありますが、当時の世相を詠っている反戦作家、抵抗詩人といえるのではないでしょうか。俳句にも京大事件というのがありますが、鶴彬も検挙され、勾留中の昭和十三年に二十九歳で病死しています。

戦後の川柳を駆け足で見ていきます。

○マンボ五番「ヤア」と子どもら私を越える　中村　冨二

○民主主義アナタは親と云う他人　加藤孤太郎

これは、民主主義という時代になっても、その表面だけしか理解していない、ということをいっているわけです。

○恋人の膝は檸檬のまるさかな　橘高　薫風

この句、私、好きです。平成十三年の春の叙勲で木盃を授与されました。

○友情の極まるところ酒にむせ　佐藤　正敏

この人は、川柳研究社の川上三太郎の弟子ですね。

○子がなくて子より利口な犬が居る　伊藤　突風

今もペットブームですね。つまり、子どもは反抗期があって思うにまかせないですが、犬はそういうことがないから可愛くもあり、物足りなくもある、というところですね。そのへんのところを、「子より利口」と非常にうまいと思うのです。

○水撒いて丁稚制度の街も暮れ　岩井　三窓

これは関西の句です。この句も好きです。

○安酒の店の優しい目鼻立ち　唐沢　春樹

これも、好きな句です。

次に、現代俳句というのをいくつか載せました。平井照敏さんというのは昔、詩を書いていましたよね。『世代』という投稿雑誌がありましたが、ご存じですかね。たぶん『現代詩手帖』の前身だと思うのですが……。ここで詩を書いていたのですが、私もこの雑誌を読んでいましたので、いつの間にか俳人になっていたので驚いています。

蜂の巣のごとくともりぬ冬の街　平井　照敏

この比喩。「蜂の巣のごとき」は見事だと思います。

大阪へ今日はごつんと春の風　坪内　稔典

「ごつんと」なんていうのは、生半可な表現ではないと思います。

くしゃみして星の一つを連れかへる　仙田　洋子

女性らしい作品と思います。

地下街に円柱あまたあり盛夏　皆吉　司

地下街と、季節に関係ないようなところを、あざやかに「円柱あまた」で季節を表現していますね。

強く振る雨透きとほる曼珠沙華　斎藤　隆一

斎藤隆一さんは秩父の方で、埼玉県文化団体連合会でお世話になっております。

川柳のユーモアが現代川柳だよ、ということではありませんが、最近の川柳の面白いエキスを抜き出して載せました。

○おじいさんのシャツを着ているおばあさん　伊藤　為雄

わかりますよね。

○フライングばかりしているあひるの子　興津　幸代

かわいいですね。

○おばさんは強しおじさん負け上手　佐藤　美文

これは私の句ですが、二十一世紀は女性の時代、強くなっていただきたいと思います。

○傘立てに破れた傘がずっとある　津田　暹

捨てるに捨てられない家族の思いがあります。

○私より若い男は敵である　新家　完司

私もそう思っているのです…。

ざっと川柳の歴史を振り返ってお話ししてきたわけですが、二五〇年を一時間ちょっとでお話しするので、かなり省略しました。

結局、最初の話に戻りますが、川柳と俳句はどう違うかを、それはやはり、比較していただくということよりも、皆さんが、俳句を作っているという自信、そういった裏付けをきちんともって作句をしていくことが大切だと思います。同じことが川柳にもいえるわけですが、それでしか川柳と俳句を分けるものはないと思います。

最近は、ボーダーレスの時代などと言われ、日本画と洋画の違いは絵の具が違うだけなどといわれていますが、彫刻だか絵だか分からないようなものもありますし、また音楽を流して立体的に空間を鑑賞する、味わうなどという時代になっています。本当は俳句だ川柳だといっていられない時代になったのではないか、私自身はそう思っております。

やはり自信をもって、俳句なんだ、川柳なんだという意志で書き、鑑賞したらよろしいかと思います。

それからもう一つ、蛇足になりますが、先程お話ししたように俳諧には短句と長句がありました。七・七と五・七・五のうち七・七がどこかにいってしまったのです。これは面白いことです。『武玉川』の作品の中にも〝一段聞いて帰る仲人〟や〝ふくれた顔が紺屋から出る〟や〝子を寝せつけて巫女の足どり〟などいい句があります。

川柳と俳句の垣根が曖昧になってくると、数の上では圧倒的に俳句が多いわけですから、俳句に呑み込まれてしまうのですね。ですから、川柳は川柳としてきちんとしたものをもっていないといけない時代が来ていると思うのです。

もしそうした場合には、私は十四字詩といっています。特に皆さんの作品もそうだと思いますが、五・七・五が非常に曖昧になって来ているのですね。詩人の飯島耕一さんが、俳句の人も短歌の人も、もう少し定型に疑問を持ちなさい、などと言っています。

やはり一回は疑問を持つべきだと思います。そこから定型がスタートするのではないかと思うのです。

（平成十六年　俳誌『七曜』講演録）

川柳作家論

素顔のままで——川柳家・茂木かをるへの期待

茂木かをるという川柳家が、初めて『風』に作品を見せるのは、30号（平成十四年一月一日）である。彼女に初めて会ったのは、前年の二月に桶川市で開催された彩の国川柳大会ではなかったかなと思う。それほど前ではないのに、人の記憶とはあてにならないものである。おぼろげにしか記憶にない。お友達と一緒ではなかったかなと思う。それ以来いつも二人一緒だった。作品としてはそのお友達の作品が一号前から作品が見えるが、彼女の挑戦はいまでも続いている。作者の意思の固さばかりではなく、川柳への思いが伝わってくる。

最初の作品をみてみよう。

目覚めれば風に誘われ木々の息
樫の実の墜ちる音のみ黄昏に

などが目についた。すでに形はできあがっているが、「千歳飴親の願いを重く持ち」といった作品も混じっていて、迷いのようなものが感じられる。同時に十四字詩にも関心があって、同じ号に八句ほど掲載されている。

雨戸開けると逃げ出した朝

地球へ降りた踊り疲れて

どちらかと言えばこちらのほうが完成度は高い。それ以前のしがらみがないからと想像している。どちらにしても、初心者の域ではない。

それもそのはず、平成十年から、地元桶川のさいたま文学館で行なわれた川柳講座で勉強していたのである。講師は須田尚美で、その影響は小さくない。尚美の下での厳しい鍛錬の結果が実を結びつつあり、川柳を作ることが、楽しくて仕方がない時期ではなかっただろうか。『風』との出会いもグッドタイミングであった。

生まれは昭和十九年、川柳との出会いは五十代のころだから、けっして早いとは言えないが、子育てにひと区切りついた、心の空間にうまく収まったようである。いまはひとつの頂点だと思うが、文芸の世界にはまだまだ目指す峰がある。言い換えれば、一つの頂点を踏み台にして、次の頂点を目指すことができるのだ。いま見える山の頂から、いくつもの山並みが見えるはずである。川柳界ではまだ若い世代に属する。努力のしがいがあるはずである。

今回の五十句はまず彼女に一〇〇句を出してもらって、その作品を五十句に絞ったのは私だが、そのあとで本人の諒解を得たものである。今回は五・七・五の作品を対象にした。機会があれば、十四字詩だけ、あるいは混交した作品でこの作者の全体像を見てみたい思いがある。今回は一つの区切りとして、別の機会に違った作者を見てみるのも悪くないと思っている。

順を追って、出来るだけ多くの作品を解剖してみたい。それが、これからの彼女の指針になれば幸いである。

椿散るやり残しなどないと言う

『風』31号に掲載されている、十句の中の一句である。このときは「椿ちる遺り残しなど無いと言う」となっている。句意に変わりはないが、表記が少し変わっている。これは転記の折のミスか、作者が意識的に手を入れたのか不明だが、意識したものだとすれば、漢字と仮名のバランスが後者のほうに安定感があるので、成長振りが窺われる。一つの終わりを報告しているだけだが、当然そこからのスタートもあるはずである。

捕ってきた狸の皮が手におえぬ

ユーモアのセンスもあるようである。取らぬ狸の皮算用という俚諺がある。そのパロディーとも取れるが、捕ってきたというところに作者の計算がある。もちろんそれだけではなく、下五でうまく締めている。じつは何を隠そう、狸の皮はそれを捌くことのほうが大変なのだ。皮算用は楽しいが、現実のほうが厳しいことを知っているのだ。それをユーモアでまぶして、からっと口当たりよく仕上げている。

母さんの魔法がずっと効いている

魔法使いを信じていない。いざとなれば、魔法でヒロインは助かるという筋書きでは、詰まらないと思うからである。しかし、お母さんは魔法使いではない。だからお母さんの魔法なら信じていいと思っている。大抵の子どもは騙されてしまう。いや魔法にかかってしまう。そしてそれはずうっと続いている。お母さんの魔法は裏切ることはないし、覚めない夢でもある。

つかの間の虹色がまた盗まれる

虹の色は七色で、どの色をもって虹の色とするのか分からないが、虹色というフレーズは多用されている。あの色一つだけではなく全体を含めて言い、希望とか憧れとかに置き換えることができる。それを盗まれたということは、憧れを失わせる何かがあったのだろう。あるいは、ひとつ大人になってしまったということか。虹の色は、現実という局面で消えることが多々あるからである。虹色はまたいつかの、雨上がりに期待できる。それを待つしかない。

少年に帰れる街へ行ってくる

故郷という母港を誰でも持っている。寅さんには柴又があり、太宰治には津軽がある。少年の日の影が残っている。町の地図は変わり、住んでいる人が世代交代していても、山とか川、四季の彩は裏切ることがない。

以前この街は故郷でなくてもいいと書いたが、やはり故郷にしたほうが無理がないし、安定感がある。「行ってくる」と積極的に行動に出たのは、失意や絶望のせいではない。充電のようなものではないだろうか。あるいは喜びの報告でもいい。考えるだけなら誰でもできる。行動が伴うことが大切なのだ。

田を渡る風がじゃんけんしています

田植えが終わって、苗がある程度成長したころの風である。梅雨の前か後か、一面の緑を風が撫でていく。そんな景色の描写であるが、じゃんけんをしているという把握は、その景色を心の中に収めているからである。川柳としてはきれいごとのように思えるが、心の葛藤ととれなくもない。しかしここは、素直に鑑賞しておくほうが無難かも。

アンテナを張って余計な音を聞く

独りで情報の届かないところにいると、何か不安である。だからといってやたらとアンテナを高くしても、つまらない雑音ばかり入ってくる。しかし、その雑音の中に、ときどきは貴重なものも混じってくる。その聞き分けは難しいが、雑音はただのノイズではないのだ。雑音と一体となり、同化してこそ雑音の意義なのだ。貴重なものは、いつも威儀を正してくるとは限らない。

どうしても買って食べたいクルミパン

この句も『風』の中で取り上げた記憶がある。そのときと同じ文章になるかどうか不安である。その時の鑑賞者の心のありようで、句の解釈が変わることもありうるからである。

よく自動車で移動しながら野菜やパンを販売する店が通る。野菜なら新鮮そうだし、パンならおいしそうである。店で買うのとは違う期待感がある。クルミパンはどこのパン屋さんにもあるわけではない。主婦というあまり変化のない日常に、ちょっとしたアクセントになる。パン屋さんであり、クルミパンである。

デイトする日は愛用の雲に乗る

いまさらデイトでもあるまいと思うなかれ。夫でもいいし、そうでなくてもいい。相手を特定してはつまらない。あまり現実じみては雲にも乗れないではないか。シンデレラは童話だから楽しいのだし、ティファニーは行けないから憧れるのである。トヨタや日産の中古車では夢がない。だから雲に乗るのである。句の上で想像力と遊ぶのも、雲に乗るようなものである。句を楽しみながら作るのも、作句意欲に繋がると思う。

どこまでも折り合いつかぬ仮分数

仮分数とは、分子が分母より小さくない分数のことである。頭が身体より小さくないということは、安定感を欠く状態である。分母を家族とすれば、分子は舅か姑か。だから分子が大きければ、折り合いが難しいだろうことは、想像に難くない。この先は余計なお世話であるし、ここまででも、鑑賞者の想像を出るものではない。

人聞きの悪い話が好きな猫

ここに猫という助演者がいる。犬では絵にならない。猫の野生味というか、奔放というか、家族のようでいながら、自分の矜持という姿勢。どこか、隠者の風格すらある猫である。人聞きの悪い話とは単なる噂ではなく、悪意の籠もった話のようである。ここに猫を介在させることで、作者は善人でいられるという仕掛けである。NHKの朝ドラのごとく、脇役で成功した作品である。猫に最優秀助演賞をあげたい。

野暮用の帰途にばったり蛇と会う

野暮用とは、取り立てて言うほどではない、つまらない用事のことである。ときにはあからさまにしたくないときの用にも、これを使うことがある。便利な言葉である。そして蛇は嫌われものである。人によっては縁起が悪いと思う人もいるだろう。世の中ときには予期しない出来事に会う。それは犬であったり、猫であったり、蛇であったりする。犬であれば頭を撫でてやり、猫だったらねこじゃらしで遊んでみるのもいい。蛇の場合、ただ無事にここを通らせて欲しいと思う。

丸洗いしました象のぬいぐるみ

象だからといって、ぬいぐるみなのだから、そんなに大きいものではない。その大きさにギャップというか、違和感を抱いたのだろう。政治という大きなものも、身近に引き寄せれば、ごくごくありふれたものになる。象のぬいぐるみを丸洗いすることが、代理慰謝になっているのである。ぬいぐるみはきれいになったが、さっぱりと割り切れた心境には遠い。

みぞおちに一つぐりぐりネジが生え

この句も「十句選べば」で取り上げている。その折に、分からないからおもしろい、という言葉で紹介している。そして、これからの作者を占う作品とも書いた。その後、作者の作品が大きなカーブを描いて、変わったとは思えないが、変えていこうという姿勢のようなものは、感じられるようになった。

つげ義春という人のマンガに『ねじ式』というのがある。それを連想したが、ネジには人工的なイメージがある。だからと言ってロボットではない。人間が機械的なものに操られていく感じである。

いっそのこと入道雲に同化する

夏の雲と言えば入道雲である。積乱雲というと、たちまち夕立が襲ってきそうだが、入道雲には夏の力こぶのイメージがある。同じ雲でも言い方で作品の印象が変わる。入道雲に同化するとは、そこに作者のこれからの気持ちが、込められているように思う。「する」とは決意の現れで、単なる願望ではない。それは川柳への姿勢ばかりではなく、全方向へ向けての作者の宣言のようにもとれる。家族とそれを取り巻くさまざまなものまで、陽気で力強い方向づけができているに違いない。

以上五十句の中からピックアップして紹介した。いずれも作者の表情が出ている作品だと思う。作品は鑑賞者によって完成するというが、作品の完成の形はいくつもあっていいではないか。多くの人によって、完成されることを望んでいる。

作者は最初に述べたように、尚美教室のメンバーで、それ以外の教室や句会には出ていないようである。そうした環境が作者の作品を支え、作者らしさを保ち得たものと思う。句会や大会で技術を磨いたり、現在を知ることは大切ではあるが、いたずらにテクニックに溺れるという危険にも晒される。少しぐらい時代に遅れたとしても、文芸作品としては、作者の〈個〉を失ってはいけないのだ。そのことをわかっている人だと思う。これからも作品と自分を大切にしてほしい。

十四字詩作家――江川和美の世界

江川和美は十四字詩作家としてのペンネームで、十七字の川柳のときは、小川和恵というペンネームを使用していた。本名は小川かづ江。ここでは十四字詩作家としての江川和美にこだわって、和美の呼称で統一していきたい。

和美の川柳スタートは、昭和四十二、三年頃であるらしい。らしいというのは余りさだかではないということである。昭和五十年の『川柳研究』十月号佐藤正敏（『川柳研究』当時幹事長）の巻頭言は小川和恵の急逝を惜しんでいる。その中で「……僅々七年余り」とある。

最初から種明かしのようだが、小川和恵こと江川和美は昭和五十年九月五日に亡くなっている。行年五十歳とある。白血病であったと先の佐藤正敏の追悼文は伝えているし、和美と親しくしていた何人かの川柳人たちも口を揃えている。親しくしていた人たちの証言によれば、広島で原爆に被災しているという。白血病の原因はその原爆被災によるものであろうか。

七年間の川柳に燃えつきた時間は、振り返ることは出来ないが、死の間際まで十四字詩を作り続けたその足跡は、川柳雑誌『さいたま』にそのまま残っている。彼女が晩年のめり込んだ十四字詩の全てと思われる作品が、ここに残されているのである。

『川柳研究』の昭和五十年九月、つまり追悼号の出る前号であるが、小谷源氏が「小川和恵小論／主婦・妻・母・ETC」を書いている。江川和美はこの小論を読まずして他界している。（佐藤正敏追悼文）

その小論によれば和美の川柳スタートは「よみうり時事川柳」とある。川上三太郎の声咳に触れたが、三太郎の顔は知らないという。三太郎への追悼吟は、

師の御声いまも受話器にある温み

である。三太郎の晩年を知る一人だったのである。川柳研究の幹事になる以前の話で、よみうり時事川柳欄への投句が縁で電話を貰い、そのエピソードによるものである。その後の昭和四十六年、三太郎亡き後の川柳研究の幹事に推薦されている。

「小川和恵小論……」を書いた小谷源氏は川柳江戸川吟社を興した川柳家で、当時の川柳界の指導者の一人である。私も何度かお目にかかっている。『さいたま』の田中真砂巳さんに紹介されていて、話も伺っているはずであるが、洒脱な語り口に江戸っ子らしさを感じさせた程度しか記憶に残っていない。昭和五十一年に川柳人協会の川柳文化賞を受賞している。地元の江戸川川柳では、和美の理解者の一人であった。

地元の良き理解者と言えば、三浦三朗を挙げなければなるまい。三朗は新小岩に住まい、当時川柳研

究社の幹事で『川柳研究』の新人教室欄の講師もしていた。和美もここで三朗の薫陶を受けている。そんな関係で和美は三朗を師と仰ぎ、三朗も和美を自慢の花の一輪に加えていたようである。先の源氏の小論にも「……それは本人の才能もさる事ながら、ご夫君の理解と、三浦三朗氏というよき師、よき先輩を克ちえたからであろう。」と三朗の存在を評価している。

三浦三朗は古くからの川柳研究社の幹事で、川上三太郎の高弟の一人で、川上三太郎の後を引き継いで『家の光』川柳道場欄の選を永く続けていた。家の光協会より『川柳入門』の著書も残している。平成九年六月三日に亡くなられた。

その他、和美の親しくしていた友人の多くは、川柳研究社の古い幹事であるが、この人たちに和美の事を聞いても余り鮮明な印象を残していない。プライベートなことは余り話さなかったようである。同じ区内に住んでいた、柳都川柳社の古い同人の立川紅柳とは、かなり親密のようだったが、紅柳もすでに黄泉の人となっている。二十二年の時間の経過はやはり大きい。

江川和美はよみうり時事川柳から、地元の江戸川川柳で句作を続けたが、『川柳研究』の幹事に迎えられたのち、編集の仕事を手伝っている。句会吟が得意で、あちこちの句会大会で良い成績を残している、と当時親しくしていた友人たちは口を揃えて証言している。昭和四十八年五月に『さいたま』でオール女性選の句会を行なっている。その時の成績は合点十六点でダントツの一位である。

その時の作品は、

朝風に野鳥の声を追うテープ
栄転の辞令妬心の渦の中
冷静になれと鏡が澄んでいる
匿名の意見が光る投書箱
円満に示談へ運ぶ弁を練る
中年の恋寸劇で無事終わり
憤懣の踵芝生を踏みにじる
たそがれの芝生訣れの涙吸う

当時の平均的句会吟を出ていないし、作者の顔も見えない。昭和五十年の九月号「川柳研究作品」(幹事作品欄)に最後の作品と思われる作品を載せている。

慕情小さく暑中見舞の端に書く
ショートカットあなたにサイクルを合わせ
炎え残る星座の夢に賭けてみる

夏風邪をこじらせるほど人と逢い
眉あげて月にうそぶく悪女の唄

句会吟が得意だったとはいえ、ここには一貫したものがある。おそらく句会は競吟という割りきりがあって、そこでは楽しみ遊んでいたのではなかろうか。

小川和恵が江川和美として『さいたま』へ、わざわざ名前まで変えて投句を始めた経緯は定かではないが、当時川柳研究社の幹事長であった佐藤正敏は埼玉川柳社の客員であったから、それへの慮かりもあったからではなかろうか。

江川の江は江戸川の江であり、和美の美は十四字に理解のあった清水美江の美であったとは容易に想像がつく。さらに突っ込んで考えれば、名前を変えることで自分に別の人格を与え、何の気兼ねもなく十四字詩の世界に浸ろうとしたのであろう。彼女を十四字詩にこうまでして惹かせたのは、美江の人柄に負うところもあったことは言うまでもない。

江川和美の名前で、初めて十四字詩の作品が『さいたま』に載ったのは、昭和四十八年一月号（一五八号）である。当時の『さいたま』雑詠欄は『さいたま』の事実上の主幹であった清水美江（美江は事実上の主幹でありながら主幹とか主宰とか呼ばれることを好まず、常に私は一同人であると言い続け、主幹とか主宰と言われることを拒んでいた）で、美江は自分でも十四字詩を作っていた。

紅茶の湯気に憩う脱稿
月を歩けば犬の遠吠え
寄道させるポケットの金
エロチシズムを読んで夜更かし
寄り添うてゆく星のまたたき

清水　美江

美江は、人柄は温厚ながら、十四字詩を始め自分の主張に対しては、容易な妥協はしなかった。それを頑固と言う人もいたが、そのことにも頓着しなかった。句は、幅広い守備範囲をほこり、あらゆる川柳に好奇心の角を伸ばしていた。なかでも連作と十四字詩については、確たる主張を持って、自ら実践の先頭に立っていた。

そんな美江の人柄と十四字詩の「張り切った弦の発するすばらしい音色……」に魅了され、触発されて、和美は十四字詩の虜になっていったのである。

『さいたま』　昭和48年一月号(158号)

生命の重さ指切りの後
愛のことばに飢えた耳たぶ
かくれて逢えばきつね雨降る

江川　和美
東　京

燃える女を捨てる湖
〃　二月号
言葉は要らぬ花の陽だまり
返事を決める固い足袋履く
ショールに包む胸のときめき
逢う日約して瞳に吸われゆく
〃　三月号
ドラマの悪女手をさしのべる
無理を許して薄い撫で肩
鏡にひとり齢を見つける
花のなみだを夜が知ってる
月夜の窓にもらう安らぎ
〃　四月号
ほんとの証拠見せる嘘つき
髪梳く指に絡む煩悩
忘れた筈の風に声聞く

手を触れさせた罪な吊り革
少女の夢は花の散るまで
〃　六月号
哀しく齢をきざむ父の背
反論つづるペンがまた折れ
今日の素直をしげしげと見る
裏道えらぶ外出の服
歯ごたえきついガールフレンド
〃　七月号
おんなの性の奥を覗たがる
涙の蛇口締めて判断
夫婦の砂漠声もひからび
元の独りで派手な服着る
別れ惜しんで歩く一ト駅
〃　八月号
髪の長さも傲然と青春《はる》

心配をする母に嘘つく
おんなの齢を覗せる口もと
節くれた手に寡婦の悲しみ
年ごとに恋うふるさとの唄

〃 九月号

まなうら燃やす花の思い出
想いをためて湯を弾く肌
むづかる熱へ長い母の夜
夢をさまよう留守の風鈴
黒髪おもく夜の影曳く

〃 十月号

他人ばかりのふるさとを恋う
傷ついてなお甘い夢見る
対岸の灯にこころ盗まれ
封切る指の淡いざわめき
悪魔の貸した胸の合鍵

〃　十一月号

別れを告げて恋はひとしお
噂に堪える肩にこなゆき
おんなのうらみ騒ぐさそり座
つのる想いに鉛筆を噛む
悪魔の笛をとろとろと聞く

〃　十二月号

齢を識らせて北風が吹く
つまずいてから青空が見え
拘わりのない軽い相槌
こころ重ねて離れ住む人
騙されていた日々のしあわせ

女性ならではの情念の世界を、続けざまにぶつければ、美江も打てば響くようにこれを掬い上げている。昭和四十八年は、五月号を休んだだけである。

当時の『さいたま』雑詠欄は女性の投句が多く、男性と女性を分けて掲載していた。和美の十四字詩は十七音の句と肩を並べられても、常にその上位に掲載されていた。歯切れのいい七七のリズム感は、小鼓のように乾いた響きで粘着性がない。

『さいたま』では毎年雑詠欄の作品から雑詠賞を設けて表彰している。前年に雑詠欄に掲載された作品二十句を応募して、そのうち十句が対象になるという難関である。選者は清水美江、野本昭四、田中空壺、佐藤正敏、柿沼考人で、美江を除く四人はいずれも当時の埼玉川柳社の客員で、うるさ型としても知られていた。昭和四十九年度は第十一回目で、堂々の佳作一席の受賞である。受賞作品を並べてみる。

返事を決める固い足袋履く
髪梳く指に絡む煩悩
対岸の灯にこころ盗まれ
悪魔に貸した胸の合鍵
別れ惜しんで歩く一ト駅
噂に堪える肩にこなゆき
忘れた筈の風に声聞く
騙されていた日々のしあわせ
つまずいてから青空が見え
悪魔の笛をとろとろと聞く

選考委員それぞれの推薦の弁は、

美江「佳作一席江川和美作品は全部十四字であった。しかもそれが稀に見る佳吟ぞろいで、今後倦むことがなければ、すばらしい作家になるであろう。」

考人「……佳作にとどまったとはいえ、作品に想念の深味とともにそつのない表現がものを言い、十四音字特有の凝縮度満点とは言えないがよくまとめたと見るのである。」

昭四「十四字をここ迄こなせる腕前は十七字でも相当な実力者とみる。入賞おめでとう。」

三氏の推薦で見事な受賞である。ところが、受賞によって江川和美がじつは『川柳研究』の小川和恵であることが、みんなに知られることとなり、江川和美の雅号は以後小川和恵に戻ってしまう。

この雑詠賞では十四字詩が川柳であるかという、論争もあったようで、「選考を終えて」に美江と昭四がコメントをつけている。

美江「……総合点数に依って順位を決めようとしたら異論が出たので、その空気を察し、歩み寄りの妥協案で解決したが、これはあくまで表面に出さずに済ましたいと思ったから、その場でお願いしておいたが許されなかった。」

昭四「武玉川十四字は確かに川柳の原点であったろう事は認められるが川柳本来の姿ではない。その点で抵抗を感じ合点一席に推す事は『さいたま』が十四字を奨励していると誤解を招き易いので一瞬躊躇もし極力次席に廻すことを一身に賭して奨めた。」

十四字詩が川柳か、そうでないかという論争は余りない。十四字詩を俳諧の平句に原点をおくならば、川柳の一翼という考え方が成立するが、川柳点以降ということになれば、川柳とすることには問題があろう。

将来的には独立したジャンルとしていく事が、理想であるとは思っている。そのための隘路を登り切れるかどうか、楽観論の入る隙間は今の処ない。

昭和四十九年の作品を並べてみる。四、五、七月と休み、十一月号を最後に江川和美、小川和恵の十四字詩は『さいたま』の誌上から消える。

『さいたま』　49年一月号
穿鑿の眼でネクタイをほめ
無理して逢えば何事も無し
つきつめた瞳で崖に立たせる
かくれみの着て深みゆく沼
あしたのことを知らぬたのしさ
〃　二月号

利害が絡み手が冷えてゆく
やっと見つけた花に夕映え
背負った重荷支えともなり
乾いた夢を話す押し花
鈴の音色にゆらぐ黒髪
〃　　　三月号
しんから愛し気が弱くなり
逢える気がする街角の風
予定の言葉うばうくちづけ
愛の余韻の残る耳たぶ
トースターぽん瞑想を消す
〃　　　六月号
焼いた手紙が胸の灯となる
あなたの町へ放す風船
思いつめてるトンネルの闇
共に死ぬ気の泥水を呑む

懺悔の瞳にも残る狐火
〃　　　　　　八月号
蝶を舞わせる企みの風
まぼろしを招ぶ紫陽花の雨
美容美容と玄米を噛む
愛が生まれた激論の後
ためいき色に渚日昏れる
〃　　　　　　九月号
先祖の夢をつなぐ肋骨
迫る不安がおしゃべりにする
鏡の中に凍りつく唇
堰切る音を瞳の中に見る
暮しのあえぎ包む夕焼け
〃　　　　　　十月号
夏の愛語に白い風立つ
細いうなじに恐ろしい嘘

こころの襞で風鈴が鳴る
唄がとぎれて閉じる家計簿
〃　十一月号
雨に抱かれて追憶の橋
枯葉の中に閉ざされた夢
白い日記に木枯しを聞く
身じろぐときに嘘がこぼれる
ゆめ売りつくしペンがささくれ

以上が『さいたま』誌上に載った江戸和美の十四字詩作品のすべてである。今読み返すと常識的な句もなくはないが、共感されるもののほうが遙かに多い。先般募集した十四字詩の例句としてあげた和美の作品を見て、彼女に関心を持ち、彼女についての問い合わせが幾つかあったことは、そのことの現われであると思う。

何故その後『さいたま』から和美の十四字詩が消えたかという、いちばん大きな理由は、十四字詩の理解者である清水美江が、『さいたま』雑詠欄の選者をこの年の十二月号で退き、翌年の一月号から田中真砂巳にバトンタッチされたからである。

田中真砂巳は当時行田市に住まいを置きながら、東京の勤務先に単身赴任していた。その間各地の吟社の句会大会に積極的に参加して、周りから『さいたま』の外交部長の肩書というか、あだなというか、通称というかをいただくほどこまめに歩き、『さいたま』の大会が地の利の悪さにも関わらず、二百名近い出席者を誇っていたのは、真砂巳の行動力に負うことである。また彼はアイデアマンでもあり、事務局であった篠﨑堅太郎と呼吸の合うところを見せ、オール女性選の句会や若手の起用にも積極的であった。ただ十四字詩についての評価は未知数ではなかったかなと思う。そんな不安があったので和美の投句がなくなったと推測できる。もう一つはこの年の秋に五十年の長くない生涯を閉じるけれど、その体調の変化に因るものもあったかもしれない。

昭和四十八年、四十九年の二年間『さいたま』に刻んだ和美の十四字詩は九十二句である。美江という良き理解者を得て、九十二句の中で、和美の十四字詩は燃えつきたのである。

（本稿を纏めるに当たり『さいたま』『川柳研究』を参考にした。川柳研究社幹事のみなさん、田島歳絵さん等からもご助言を頂いた。ありがとうございました。また人名の敬称は全て省略した）

佐藤正敏の世界——句集『ひとりの道』より

佐藤正敏氏には昭和六十三年に設立された、埼玉県川柳協会の創立時から顧問をお願いし、種々のアドバイスや励ましの言葉を頂いてきた。そのお陰をもって埼玉県川柳協会も順調な歩みを続けて来ることが出来た。その間の感謝の気持ちを込めて、この一文をしたためる。なお文中敬称は省略させていただいた。

昭和四十年六月に佐藤正敏は『ひとりの道』を上梓した。その後、平成十一年に亡くなるまで、三十五年の歳月があるが、佐藤正敏の個人句集が出ることはなかった。

一度、芸風書院から『現代川柳選集』の第一巻北海道・東北・東京編に『ひとりの道』以後の作品を、九十句ほど纏めているのみである。

ところがこの『ひとりの道』ほど、あとから来た人たちに影響を与えた句集はないのではなかろうか。それを立証するかのように、何回か簡単な復刻版が出ている。昭和五十九年に埼玉川柳社の『さいたま』六月号で誌上復刻として『ひとりの道』を、川上三太郎の序文から著者の跋文まで載せている。

この復刻版について江端良三が『九ページの大句集』として、その年の『さいたま』九月号に、丁寧な感想を書いている。その中で、初心時代のエピソードを通して、驚くべき佐藤正敏の句作への執念と、本格的川柳へと目覚めていく過程を紹介している。たいへん興味深い内容なので、その部分だけを切り取ってみる。

「正敏さんは若いころ無茶苦茶な多作家であったという。たとえば、国民新聞の課題吟が一日十句位しか載らないのに、一日一人で全部占領したいみたいばかりに一題で百句、二百句くらい平気で投じた。昔の句会はどこでも無制限吐があったが、それをさらってみたくてピストンみたいに句をつくった。句想が浮かんでも、それを句箋に書くのが間に合わないくらいに句が出来た。（本人談）それがいつ頃から川柳的なものを川柳的に仕上げることに満足出来なくなってしまった。つまり『今までの自分の句と思っていたものは、悉く〈川柳〉のものではあっても、自分のものではなかった』（三太郎）ことに気がついたのである（以下略）。」

そして平成十年に『郵便川柳こだま』で、正木三路が勉強会の資料にと『ひとりの道』の復刻を手掛けた。これはA５判で一冊になっているので、たいへんありがたい。こうした復刻版は余り例がないけれど、三十五年前の句集が、いまでも新しさを失っていないということであり、三十五年前の佐藤正敏が、如何に川柳界の先を歩いていたかを物語っていることでもある。その後、彼が個人句集を出そうとしなかったのは、『ひとりの道』以上のものへの拘わりがあったからではないかと想像される。そして幾多の後進たちが、正敏の模倣と言われながら後を追ったが、正敏を超える者はいなかった。

句集の作品を紹介する前に、三太郎の序文から、正敏川柳について述べた部分を紹介しておきたい。

「この句集の句材は狭い。然し深い。つめたいようで温かく、温かいがきびしい。しかも自分を削るに微塵の容赦がない。」

句はいずれも正木三路が纏めた、郵便川柳『こだま』別刷の復刻版から引用した。

まじまじと友も救えぬ我が十指

印刷会社を営んでいた作者は、その経営もたいへんだったに違いない。そこへ友人の、おそらく少しお金があれば道が開けて来るほどの相談だったのだろうが、それにさえ応えることの出来なかった、不甲斐ない自分の掌を見ているのである。「まじまじ」はしばらくの間じっと見つめるというほどの意味である。オノマトペを上手に使って動詞を省略している。技法を感じさせない技法で、正敏川柳を代表する一句でもある。

曲り角から一枚の夜空となる

ビルの谷間か住宅街かを抜け出た瞬間に、突然広がって行く夜空に驚いている。会社経営の資金繰りに悩んでいたのだろうか、納期までに仕事が間に合うだろうかと、物思いに耽っていたのだろうか、周りの風景が眼に映らなかったのだ。

一つのことに拘わっていると、そこから開けていくものがない。そのこだわりから少し視線を逸らすことで、見えてくるものがある。そして何時も目にしていたそれが、新鮮に心に映ずるのに驚く。驚きが広がっていけば、確かに解決法が見出せたはずである。詩情豊かな作品で、作者の隠された優しさが表現されている。

盃のふちより高き酒のいろ

表面張力のことではない。盃の中の鏡のように澄んだ湖に、酒に対する無垢の心情を投影しているのである。

酒の句が多い。如何に酒が好きだったかということがわかるが、それだけではなく、酒を介してのさまざまな人生模様が楽しかったに違いない。師と仰ぐ川上三太郎との交流も、酒あればこそ哀感を共にすることが出来たのだし、『川柳研究』の後事を託すことが出来たのではなかろうか。その他の酒の句を拾い出してみよう。

酒とろり俗をうとんだ日を思い
脳髄のまざまざと冴え酒鬼となる
意識だけみだらに酒の底に生き
盃を再び置いて言いたりず
盃の底に極まる自己嫌悪

酒の句を数え上げればきりがないが、酒は余り強くなかったという風評もある。酒好きと酒量は比例するものではない。本当に酒を味わっていたような句が多いのは、そのせいかもしれない。平成十一年

『さいたま』三月号の「飲んでいた頃の話に苦笑する」と、気弱になってくるとやはり寂しい。

風に立つ素足の白さ意気地なし

この句集の作品の多くは、自我の追求であり、自己凝視としての心象を、言葉に移し換えたものである。容赦なく自分を責めながら、荒々しい心の風景を吐き出している。働く者にとって、素足の白さは忌むべき存在であり、自虐の対象でしかない。向かい風に向かうときの無力感を、白い素足に象徴させている。

寝そべれば何か音ある夜の寒さ

静かな音が聞こえてくる。例えば柱時計が時刻を刻む音であったり、遠慮がちに咳をする声だったりする。何処かで雪が降っているような、そんな寒さである。それは気温が低いからばかりではなく、心の中で寒い音がするからである。鮮やかに心象をえぐり出している。

ひにくれたように何時もの座り場所

句会か何かの会場の集まりごとでのことであろうが、川柳に対しての変わらない姿勢とも取れる。頑固というより、無器用で照れ屋の男の人生哲学である。男にとって、座り場所を確保することは重大事である。この場合、頑固は男の勲章である。

そもそもの誤算は友を数えたり

かなり厳しい。自分に厳しければ他人にも同じものを求めるということか。ここまで言われると鼻白むものもなくはないが、それを計算して、自分へどう跳ね返ってくるかと挑戦しているようにも見える。正敏川柳の真骨頂でもある。

熱の子に玩具も影を置くばかり

家族を詠んだ句もかなりある。まだ小さな子どもに親としてのあたたかい眼が注がれている。作者もまだ若く、覇気盛んな頃である。

子と首をすくめて妻に叱られる

仕事のことは忘れて、子どもと戯れている、珍しく剽軽な作者の顔が見えてくる。ここでは子どもの共犯者となることで、子どもとの一体感を味わっている。いや妻に叱られることで、家族との融和も言い表わしているのである。正敏川柳には珍しく、ユーモアの中にあたたかさを感じさせる作品である。

子と入る風呂しみじみと今日終えし

子が本を読んでてて心やわらぐ夜

蠅追ってやる寝てる子の低い鼻

には凡父正敏の顔しか見えてこない。

家計簿にみつ豆とあり妻若し

妻を詠んだ句には厳しい句が多い。これは大正男の照れではないかと思う。例えば、

内職の妻の厭味を聞き流し

寝返ればいさかいし妻灯にそむき

夜干しする妻こんな世をどう思う
つぶやいてみても妻さえ他人なる

などである。妻との距離感が近ければ近いほど安心感があり、遠慮のない表現になったものではなかろうか。

掲出句は、新婚とはいかないまでも、夫婦だけのこじんまりした生活が、ほのぼのと伝わってくる佳品である。

正敏川柳の特徴は、容赦ない自己批判を心象として、そのまま吐き出していることにある。それは句会吟でも変わることがなく、三太郎の「狭くて深い」という言葉と重なることになる。自分でも「単なるモノローグだと言われても困るが、そうであったとしても私は私の川柳観をつらぬいているという頑なさを捨てない」と言って、頑固なまでに自分の世界に籠っている。正敏川柳の新しさは、狭くて深い、自分のありったけをさらけだしたところにある。それはかたちだけを真似しようとしても、極めることの出来ない世界でもあるのだ。

自分の世界を持つと言えば、三太郎門下の個性は一つ一つが違った輝きを持っていた。正敏のそれは、三太郎と通ずるものが色濃くあったので『川柳研究』のながれを、三太郎色を鮮明にしたまま、今日に伝えることが出来たのである。

花吹雪　東京句碑巡り

平成十二年四月某日、桜の花便りに誘われるようにして、久しぶりに出かけてみることにした。天気予報は気温も上がって、春らしい穏やかな一日になると保障してくれている。

平日のラッシュアワーの後の京浜東北線は、ゆったりと席を確保することが出来た。街を行く人も、電車の中の人の服装にも、春めいた明るい色が眼についた。

王子までは三十分ほどである。王子駅のホームから飛鳥山の桜が見える。五分か六分くらいに微笑み、誘いかけている。駅を降りると都内では唯一の都電が走っていて、駅前に停留所がある。天気は飛鳥山の桜の花びらが降ってきそうなぽかぽか陽気だが、桜は微笑みを見せているだけで、遠山の金さんは、まだ肩の花吹雪を見せようとはしていない。

飛鳥山の桜は八代将軍吉宗の時代に植えられ、その後、花の名所として名を残したが、その頃の樹齢を数える桜は残っているだろうか、飛鳥山はすっかり近代公園に様相を変えてしまった。往時を偲ぶものは、幾つかの石碑に残されるのみである。

都電荒川線は三ノ輪から王子を経て、早稲田まで延びている。昭和三十年代には都内隈無く走っていた都電も、今はこの路線を残すのみになった。高度経済成長は車の洪水を招き、のんびり走っている都電は邪魔扱いされて、何時の間にか消えてしまった。消えた都電は何処へ行ったかというと、地下へ潜った。そして地下鉄の網の目は、今も増殖中である。

王子から三ノ輪橋まで僅かの距離を、都電は他の車とスピードを競うことなく、マイペースを保っている。ワンマン電車になっても、チンチンと鳴らしながら走るのは昔と変わっていない。全線一六〇円というのも今時ご立派である。

二十分ほどで終点三ノ輪橋に着く。電車を降りて細い路地を抜けると、日光街道の大きな通りへ出る。その通りを右へ曲がって、JR常磐線の高架を潜ると、左の路地に高い塀が見えてくる。その塀に沿って歩くと浄閑寺の門前に出る。

浄閑寺は浄土宗の末寺で、別名投げ込み寺として知られている。安政二年(一八五五)に大地震があり、その折にこの近くの新吉原の遊女がたくさん犠牲になり、投げ込み同然にこの寺に葬られたことから、そう呼ばれるようになったという。住所は東京都荒川区南千住二丁目一番地である。

新吉原総霊塔は、その遊女たちの霊を慰めるために昭和三十八年、有志によって浄閑寺境内に建てられた。その台座に花又花酔の句が刻まれている。

生まれては苦界死しては浄閑寺　　花酔

花酔は明治二十二年東京生まれ。柳樽寺きさらぎ派の同人で、吉川雉子郎、村田周魚、川上三太郎とも親交があり、廓吟の達吟家として知られている。この句には、一人の女性の哀しい不幸な生涯が塗り込められている。大正という一つの時代を表現して、この時代を代表する作品でもある。

新吉原総霊塔と向き合うようにして永井荷風の文学碑があり、詩が刻まれている。荷風はこの寺をしばしば訪れていたようで、昭和十二年六月二十二日の『断腸亭日乗』にはその様子がこと細かく記されている。墓地の中には、戦後間もない一時期、一世を風靡した三遊亭可笑の碑もあり、これには武者小路実篤の筆により『純情詩集』の一節が刻まれている。日光街道の騒音を道一本隔てただけで、こんな静寂境があることはうれしい。

浄閑寺を出て明治通りでタクシーを拾い、馬道通りから言問橋まで行き、橋のたもとでタクシーを捨てる。橋を歩いて渡ってみたいと思ったからだ。

隅田川の両岸は滝廉太郎の「花」を思わせるうららかな日差しと、開花を急ぎ始めた桜並木がのんびりとした風景を見せている。岸辺のコンクリート際には、ホームレスたちのマイホームらしい青いビニールシートが、軒（?）を連ねている。堤の花見客と対象的に見える。これも平成の平和を象徴するものなのだろうか。

橋を渡って左へ折れ二、三分歩くと、三囲神社の前に出る。ここは墨田区向島になる。地下鉄銀座線浅草駅、東武線のこれも浅草駅から歩いても十五分ほどの地の利である。大黒天と恵比寿様が祀られて、「すみだ川七福神めぐり」のコースにも入っている。

ここにはかなりの石碑が立っている。昭和六十年の墨田区教育委員会の纏めた資料によれば、三十九基の石碑が報告されている。西山宗因や宝井其角の句碑もあり、川柳の句碑も四基ほどある。

和らかくかたく持たし人心　（五世川柳）

つまらぬといふはちいさな智恵袋　（六世川柳）

出来秋もこゝろゆるむな鳴子曳　（九世川柳）

廣重の雪に山谷は暮かゝり　（阪井久良伎）

それほど広くもない境内に、犇めくように並んだ石碑群は形も大きさもさまざまで、一つ一つ解読していくのも楽しいものである。五世、六世、九世の句碑は社殿の裏、社務所の奥にまとめられたように建っている。久良伎の句碑は社殿の右角に、他の石碑と背丈を競うようにして目立つ。昭和四十一年、五世川柳の同一句が佃島の住吉神社に、魚河岸の佃組合によって建立されたと言われるが、まだお目に掛かっていない。

三囲神社を出て言問橋まで戻り、この橋の道を隔てて牛島神社がある。墨田公園に隣接していて、公園と庭続きのようにも見える。この公園も桜の名所である。牛島神社の境内に、鳥居と並ぶ位置に庖丁塚が建っている。横になった牛の石像のバックには、村田周魚の句が刻まれている。

人の世の奉仕に生きる牛黙す　周魚

庖丁塚になぜ牛なのかという疑問が浮かんできた。これは包丁の語源と関係ありそうだが、聞きかじりの知識なので、これ以上触れないほうが無難である。石像の裏には「牛慰霊庖丁塚…」とあり、食肉組合が施主であることで納得するしかない。

ここで墨田公園の花見客に紛れ込みたい気持ちを抑えて、次の目的地・菊屋橋公園へと向かった。夕クシーの運転手も場所を知らないので、菊屋橋公園の所在地である元浅草三丁目で降ろしてもらう。降りてすぐ、信号待ちをしていた人に聞いたら、菊屋橋公園はそこから歩いて二分ほどであることを教えてくれた。

菊屋橋公園は小さな児童公園である。四囲を桜の樹が囲む。ブランコや砂場があり、小さな子供を連れた主婦二、三人と、お年寄り四、五人がベンチと日差しを分け合っていた。ここの「初代川柳顕彰碑」は公園にお尻を向けて建っている。表が道路の方を向いているのは、道行く人へ関心を持ってもらいたいからだろうが、やはり変だ。この顕彰碑の刻文の間違いを指摘して資料も渡したにも関わらず、今もそれはそのままになっていることを尾藤三柳氏が憤っている。自分の間違いを認めようとしない、お役所の権威主義が匂ってくる。因みにその文面は次の通りである。

「柳翁柄井八右衛門は一七一八年出生。当地にて名主職を継ぎ、号を川柳また無名庵緑亭と称す。現在の川柳の母胎ともなる前句付の点者として活躍、『川柳評万句合』は最も著名で後に文芸名としての名称に川柳の号を冠するまでに至った。一七九〇年没、ここに故人ゆかりの地に碑を建て、その功績を永く顕彰する。平成四年　台東区」。

ここから上野駅まで歩いて十五分程の道程だが、タクシーのお世話になり、上野公園口まで運んでもらう。京成上野駅横の階段を上り、西郷さんの銅像を横目に捉えて花見の人の流れに合流。上野東照宮までその流れに身を任せる。桜はまだ六分咲きだが、桜の樹の下はすでに満開のお座敷もある。

石燈籠の並ぶ東照宮の参道は壮年期の桜並木である。屋台店が並び、花見の客でごった返している。この石燈籠と桜の樹の間に五重の塔を背景にして、二基の川柳句碑がある。ここだけは桜の賑わいとは違った、覚めた空間になっている。

盃を挙げて天下は廻りもち　周魚

乱世を酌む友あまたあり酌まむ　三柳

平成九年五月三日の雨模様の中で行なわれた、三柳氏の句碑除幕式の賑わいがまだ耳の底に残っている。

上野東照宮は徳川家康の鎮魂を願って、寛永四年（一六二七）に造営された。その後、慶安四年（一六五一）年に家光によって改築され、今に至るまで上野の山に君臨している。その金色の輝きは、江戸という時代の華やかさを伝えるだけでなく、徳川家康の偉大さを誇示するものである。権力の象徴としての役割を果たしている。総金箔の唐門は国宝に指定されている。

ＪＲ上野駅の公園口は目の前にあり、この北の玄関口はどの電車に乗っても大宮まで運んでくれる。歩き疲れた背中を電車の背もたれに預けて、今日歩いてきた場所を反芻しながら、東京都内に川柳の句碑がどのくらいあるのか考えてみた。

まず知られるところでは、龍宝寺の初代川柳の句碑が思い浮かぶ。現在のものは昭和三十年に建てられた、三建目のものだ。久良伎の筆により、川柳会館の横で威儀を正している。

木枯や跡で芽を吹け川柳

また、西念寺はJR四谷駅から程近い若葉町にあり、ここの先代住職であった、西島○丸の句碑があることでも知られている。昭和三十八年に川柳長屋連によって建立されたものである。

は、のする通りに座る佛の灯　○丸

この他に、木母寺に四世川柳の俳風碑がある。刻文は『東都俳風狂句元祖　川柳翁之碑』。他日を期して一度訪ねてみたいと思っている。

東京は川柳発祥の地ということで、それに関しての句碑、顕彰碑が幾つかあるが、現代川柳に関しては三基ほどしか知られていない。また建てられている場所も、菊屋橋公園の顕彰碑を除けば、いずれも寺社という私有地である。公の場所に句碑が建つには、地域の熱意とその地域の役所の理解がなければならない。しかしそれは百年河清を待つようなものである。

かつては八百八町と言われた東京も、町名統合などで昔からの町の名が無くなり、歴史的な背景を知る縁を失いつつある。街は機能的になり、クリスタルな機能美を追求したビルが高さを競っている。そんな無機質な都市空間にも、句碑でも建っていれば、しばしの清涼剤になってくれるはずである。例えば、神田川のほとりに「柳原涙の痕や酒のしみ　雉子郎」の句碑でもあれば、この辺りにかつて柳原があり、古着屋が並んでいたことを知ることが出来る。また永田町に「午後三時永田町から花が降り　久良伎」などとあれば、国会議事堂を訪れた人の気持ちをほぐしてくれるだろう。

言問橋の浅草側のたもとに戦災慰霊碑がある。昭和二十年三月の東京大空襲の犠牲者の霊を慰めるためのものである。ここにも「浅草で浅草を聞く焼け野原　幸一」とでもあれば、その被害の様子を千の言葉を費した説明よりも、明確に知ることが出来るではないか。

散歩の途中などで、その地ゆかりの句碑に出会えることは楽しい。私たちはもっと句碑について積極的に考えてゆきたいものである。

桜は間もなく満開となり。華やかで豊かな気分にひたらせてくれるだろう。そして本格的に春が動きだす。

名句鑑賞

津浪の町の揃ふ命日

誹諧武玉川初篇

津波の恐ろしさは、平成十六年の十二月二十六日のスマトラ沖地震による、インド洋津波の被害の大きさで実際に知ることになった。それまではこの句を凄い句だと頭の中で理解している程度であったが、あの津波の経験からその凄さが更に実感として感じられるようになった。森銑三も自著『武玉川選釈』で「俄かの津波に、一度に多くの人が波にさらはれて死んだ村があって、そこの家々では死者の供養が営まれる日が揃ふことになる。当然といへば当然であるが、そこに憐れの深いものがある。」と鑑賞している。

この句は寛延三年（一七五〇）に出た『誹諧武玉川』（以下『武玉川』）初篇二十一丁に載っている。『武玉川』は慶紀逸によって纏められた高点附句集である。高点附句集とは、当時流行っていた点取り誹諧で高い点を取った附句をまとめたものである。おおよそ十五点から二十五点の作品でまとめられている。『武玉川』の特徴は初篇の序に「右付合句々その前句を添侍るへき所を、事繁けれハ、これを略す…」とあるごとく前句を省いたことにある。その裏には附句が前句との響き合いを楽しむだけではなく、意外性や機知を楽しむようになったからで、一句の独立性が強くなってきたことに合わせたことである。『武玉川』は全部で十八篇まで出ているが、初代紀逸の纏めたものは十五篇までである。紀逸は十篇を出したときに一端やめるつもりでいたようで、その序に「老情しきりにいたハしく、朝の事を夕に忘れ、書と、むる事も怠りかちに侍れハ、此十巻にてさし置侍らん」としながらも「書肆のもとよりせちに迄侍れハ、止む事を得す…」と後のあることを匂わせ、十一篇の序に「かのもとめにもたしかたく、先篇にもたれる句々をあげて、又一冊となして、目して、燕都枝折といふ」と記している。

その後紀逸は宝暦十一年(一七六一)に十五篇を出して、翌年五月八日に亡くなる。享年六十八である。『武玉川』十六篇が二代目紀逸によって出るのは、明和八年(一七七一)九月である。この間十年である。

明和二年(一七六五)には『誹風柳多留』初篇が出て、『武玉川』十八篇が出た年には『誹風柳多留』も六篇が出ている。万句合も一番にぎやかな頃である。似たような作品集なので、競合を避けて終巻にしたとも考えられる。『武玉川』には掲出句のように七・七の短句も多く、佳句も少なくない。そんな句を揚げておきたい。

取付安い顔へ相談　初篇
傘へ入れても損のない顔　八篇
子を寝せつけて巫女の足取り　十三篇
ひとりに見せる髪に半日　十五篇
蛍逃して手の内は闇　十八篇

月へなけ草へ捨てたるおとりの手

誹風柳多留拾遺初篇

古川柳の定義として山路閑古は『古川柳』(岩波新書)のあとがきで「『古川柳』は江戸文学の一部であって、宝暦から寛政に至る三十年余年間に、柄井川柳の選抜によって残された約八万の十七字詩を中心とする古典文学」と位置づけている。これに拠れば古川柳とは初代川柳が選をした前句附作品を中心にしたものであると解釈される。さらに「中心」の言葉を拡大解釈すれば、初代川柳が選をしていた時代の前句附の作品が、古川柳であると言い換えてもいいということである。そうしないとこの句は古川柳の範疇に入らなくなってしまう。『誹風柳多留拾遺』には初代川柳が選をした作品ばかりでなく、他の前句附点者による作品も数多く含まれているからである。掲出句は東月選による作品である。完義観東月はほぼ初代川柳と同じころ、前句附点者として活躍した人である。

この『誹風柳多留拾遺』は、最初『古今前句集』として寛政八年(一七九六)から九年にかけて、江戸通油町蔦屋重三郎から十篇まで板行された。この板木を『誹風柳多留』で知られる星運堂が譲り受け、書名も『誹風柳多留拾遺』として、享和元年(一八〇一)に板行したものである。最初の書名からも分かるように、『古今和歌集』を模して作られていて、序文も『古今和歌集』をパロっているし、部立ても春、夏、秋、冬、賀、離別、羇旅、恋、哀傷など二十部位に分かれている。当時の古今集への憧れもあるのだろう。

この作品集には初代川柳や東月のほかに桃人、机鳥、黛山、如露、風丈、泰月、露丸、苔翁、白亀、東馬、万龍、錦江、鱗舎、幸々等が選をした作品もあり、当時の万句合の様子を垣間見せている。それぞれ選の特徴があるが、ここでは触れない。岩波書店から文庫になっているので、機会があったら読んでいただきたい。

この作品を読みやすく濁点などを補って書き直せば、「月へ投げ草へ捨てたる踊りの手」となる。これは七月十五日(当時は旧暦であり、当然季節は秋である)の盆踊りを写生したもので、そこはかとない詩情が伝わってくる。これも東月選の特徴とみてもいいだろう。

白魚のあとへうまるゝところてん
年のくれはなしの奥に春があり
行末は誰肌ふれん紅の花

川柳評とは一味違う詩情があり、俳諧味の感じられる作品である。『誹風柳多留拾遺』のもう一つの読み方として、川柳評以外の選に拠るものから、当時の前句附興行の全体像なり、傾向なりを知る縁ともなる。『誹風柳多留』が呉陵軒可有的味付けを楽しむものだとすれば、『誹風柳多留拾遺』で他評前句附の味わいを楽しむのも、もう一つの趣向ではなかろうか。

上燗屋へイ〳〵〳〵とさからはず

西田　當百

『番傘』創刊号のしかも巻頭の句で、當百の句としてあまりにも有名である。當百の句の中からこの句を名句として選ぶには、余りにも曲がなさすぎるように思うけれども、この句を抜きに彼について語ることが出来ないほど、彼を代表する作品になっている。

上かん屋とは上燗屋のことで田辺聖子は、この上燗屋を『川柳でんでん太鼓』で「おでんかん酒屋、一ぱいのみ屋」と『大阪方言事典』から引いている。堀口塊人は『川柳全集西田当百』の中で「現代の大阪に、上燗屋を名乗る店はない。スタンドであり、立呑所であり、ビアガーデンであり、銘酒直売所である。しかし、東京のおでん屋に似ていたが、おでんやではない。大阪ではかんとだきやとも言ったが、一般的に言う、かんとだき屋は煮売家であって、酒場ではない。もし、昔の上燗屋に似た店を指摘するならば、老舗を誇る道頓堀の『たこ梅』とその支店であり…」と説明している。ここで言っている「たこ梅」の句が木村半文銭の

たこ梅に羽織の客は横へ寄り

にある。これらの説明から上燗屋の雰囲気が伝わってくる。そして、そこの亭主のそつのない客あしらいが笑わせ、感心させられる。

この句はその後の『番傘』の指針であり、主張であった。大阪法善寺横町の小料理屋・正弁丹吾亭の前に句碑となっている。

西田當百は明治四年（一八七一）二月に福井県小浜市今宮の魚商牧野作兵衛三男嘉吉として生まれ、堺市の西田家の養子として成長した。二十八歳の時大阪毎日活版部に入り校正課長で定年を迎える。川柳は明治三十九年頃『大阪新報』の小島六厘坊選へ投句を始める。明治四十二年に今井卯木、花岡百樹、渡辺虹衣等と関西川柳社を創立し、『葉柳』の編集などを手がけるがこれは間も無く廃刊になり、大正二年にいよいよ『番傘』を創刊させる。この時の同人は岸本水府、浅井五葉、木村半文銭、杉村路朗は二号からの参加である。そして大正五年（一九一六）娘の結婚を機に『番傘』を引退。その後は謡曲の師匠などをする。昭和十九年六月三十日に帰らぬ人となる。享年七十三。

雅号の當百は天保銭のことでこれは百文（當百）として作られたもので、天保時代「当百の出現浪の上に舟」などと詠んだ句もある。これは裏に描かれた模様のことである。一文銭を六枚潰せば出来たことから通用価値は下落の一途を辿る。だから当百とは少し足りない人のことを言う。彼は自らをへりくだるほどの意味で、この雅号を選んだのだろう。それに倣うように、そのころの関西の川柳人はお金に関係した雅号をつけた人が何人かいる。半文銭、六厘坊、七厘坊などである。

拭はるる涙をもって逢ひに行く

三笠しづ子

三笠しづ子は明治十五年(一八八二)に生まれる。生地不詳である。本名は貞子。大正十二年(一九二三)に島田雅楽王の紹介で柳樽寺川柳会に所属する。『大正川柳』に作品を発表し続けながら『氷原』『影像』も意欲的に作品の発表の場とした。大正末期に起こった新興川柳運動の渦中にあって、女性川柳家としての女性の立場を貫いた。大正時代と言えば、女性の目覚めが著しい時代として記憶されるけれども、そうした時代に呼応したとも言える。

平塚らいてうが明治四十四年(一九一一)に青鞜社を興こして、雑誌『青鞜』を創刊する。「原始、女性は実に太陽であった」と女性の自立を広く呼びかける。ちなみに「青鞜」とは、十八世紀半ばにロンドンの社交界でモンタギュー(一七二〇～一八〇〇)夫人らのクラブの花形である、博物学者スチリングフリート(一七〇二～一七七二)が、黒い絹の靴下の代わりに青い毛糸の靴下を履いていたことから、その集まりの名となり、さらに文芸趣味や学識があり、あるいはこれを衒う婦人たちの呼び名となった(『広辞苑』より要約)。のちに雑誌『青鞜』を中心に、女性の自立や婦人参政権の獲得運動を推し進めた、平塚らいてうや伊藤野枝らのグループを青鞜派と呼ぶようになった。

同じころイプセンの『人形の家』の中で、松井須磨子のノラが好評を得て、女性の自立や政治への参加が積極的に語られるようになる。江戸から明治へは士農工商という身分制度の改革が大きな柱であったが、大正時代はさらに平等意識が広くゆきわたり、女性の目覚めへと促されていったものである。川柳界でも井上信子を中心に、女性川柳家が台頭してくる。

この句は女性の社会的な目覚めというよりは、一人の女性が人間として、女性としての自覚によるものである。封建社会においては、女性は男性の陰にあって、自分を表に出さないことが美徳とされていた。明治から大正へ時代は変わっても、そうした意識は大きく変わる事はなかった。それが自分の考えや欲望をストレートに表現することで、解放的自覚としてきたものである。恋人のもとへ向かう女性の心理は、そのまま女性の解放そのものと言っていいだろう。これまでも女性の川柳家がいなかったわけではないが、その作品はいずれも男性と同じ視線による、ものの見方であり、表現方法であった。それが井上信子という先達に促されるようにして、性の違いが表に出るようになってきた。いま考えれば当然のように思えるのが、当時の社会環境、社会的意識からすれば、異端と思われていたことだろう。しかし、これも作者が弁護士夫人という恵まれた環境と離れては考えられない。そこに時代の限界がある。

落下傘白く戦場たそがれる

戸田笛二郎

この句は、戸田笛二郎と兄・雨花縷の兄弟の合同句集『閑古鳥』に掲載されている。『閑古鳥』は昭和二十年八月二十七日に発行されているが、巻頭に連合艦隊司令長官山本五十六の感状が紹介されているなど、極めて戦時色の濃い句集である。この感状は昭和十七年一月十一日に海軍では初めての、落下傘部隊としてメナド攻略戦を成功させた、その功績に対して与えられたものである。メナド攻略戦は、その後の蘭印(インドネシア)攻略の端緒となった戦略である。

この句は最初、兄弟が同人の川柳雑誌『草詩』に、雨花縷の手紙の中で紹介している。

「弟は本セレベス島攻略戦略に参加したのである。

弟は身に一撥の弾も受けずにセレベス島の一角へ軍艦旗を打ちたてた。

　落下傘白く戦場たそがれる

弟はこの一詩を私のところに送ってきた。

たそがれの戦場に弟は、落下傘の開く様をいかにうれしく体験しまた見たことであらうか。」

これが雨花縷の手紙である。この作戦に従軍記者として参加した、ニュースカメラマン本間金資の報告もある。

「ふわりとまっ白な花が宙に開いた。その数は見るみる大空を埋めて行く。それはまったくの壮観であった。高原のお花畑そっくりである。キラキラと煌めくような大空を背景に、純白の大輪が花が咲き匂っている。しかし、そんな甘い空想はたちまち破れた。地上からの砲火が、この白い花の周囲にどす黒く炸裂し始めたのである」(『目撃者が語る昭和史　太平洋戦争I』)。

落下傘部隊として、空から落下していきながら、暮れて行く戦場に、落下傘の白さだけが際だっている。戦場の状況を客観的に捉えながら、戦場の無常観を漂わせた作品に仕上げている。

昭和十四年に『裂ける楊柳』という戦場報告とも言える句集を出した、同じ川越市の山崎凉史は、メナド攻略に貢献した笛二郎にエールを送っている。

「柳友戸田笛二郎君海軍落下傘部隊ノ一員トシテセレベス島ニ降下ス其偉勲ヲ讃ヘテ拙句ヲ棒グ
　　　　元陸軍軍曹　山崎凉史

笛二郎神の子となる落下傘
神兵のその名の中に笛二郎
柳人に兵あり其の名笛二郎(以下略)」

英雄となった笛二郎だったけれど、昭和十九年七月中部太平洋方面で戦死する。享年二十二であった。雨花縷は『弟のこと』を書いて、この句集を締め括っている。「『私が餓死したら兄さんが私の句集を作ってくれ、兄さんが戦死したら私が兄さんの句集を作る』と言った弟との約束がいまこの句集となった」と。

櫻草つかめばつかめさうな風

川上三太郎

川上三太郎の作品の中から、一句を選び出すのは難しい。彼の作品の多くは人口に膾炙され、よく人の口の端に乗るものが多いからである。この句もそんな一句であるが、ダイナミックな作品が多い彼の句の中で、この作品は小品の印象ではあるが、川上三太郎の多面性をみせてくれる作品でもある。

坂本幸四郎が『現代川柳の鑑賞』で、この句を取り上げているので、それを引用させてもらう。

「花を見る目をこのように美しく表現した川柳はまれである。川辺や谷川近く、淡紅白の花をつける小さな野の花、かすかに風に揺れる。風は目に見えないが、桜草の可憐なふるえが風そのものなのだ。春四月、風も生暖かい、桜草を手にやさしくつかめば、掴めそうな風である。桜草の微笑が見える気持ちになる。そこが川柳の味わいだろ。」

オーソドックスな鑑賞である。この句が三太郎らしいと思うのは「風が掴めそうな桜草の揺れ」である。詩の一行を切り取ったように、きれいなイメージであるが、川柳らしい切り口でもある。三太郎は実際に群生する桜草を見て、感じたことを句にしたものだろうが、頭（理屈）で納得する把握の仕方である。これが川柳らしいというか、三太郎らしい切り口であると感心する。

川上三太郎は明治二十四（一八九一）年、東京日本橋蛎殻町に、父は煙管職人で母親は武家の出で、二人の次男として出生する。三太郎は本名である。十四歳頃から作句を始め、最初は井上剣花坊の柳樽寺に所属していた。二十歳ごろ眉愁を名乗っていたこともある。

昭和二(一九二七)年にJOAKから川柳漫談を放送、同じ四年には『国民新聞』の川柳欄の選者となり、ここの投句者を中心に『国民川柳』を組織する。この『国民川柳』は昭和九年に『川柳研究』と改題されて、現在も発行が続けられている。

三太郎は川柳の普及を念頭においた、解りやすい川柳を作ったり、自分の著作にも積極的に取り上げている一方で、川柳の文芸としての高さを目指して、詩性川柳にも取り組んだ。川柳の普及と文芸としての高さを求めるという、相反する目的を破綻なくすすめた。これは川上三太郎の二刀流と言われている。また多くの川柳人を育て、ことに女性川柳家を育てた実績は大きい。これは三太郎だから出来たので、後継者の中でこれを引き継ぐ者は出なかった。これは三太郎の偉大さを語ると同時に、川柳界が未成熟であることの証左でもある。

三太郎のカリスマ性は、現在の川柳界にそのまま通じるものではないだろうが、三太郎的強力な引力を、いまこそ必要としているときではなかろうか。

ノラの拳を可とし私はわたしの座

松村　育子

昭和六十二年一月に松村育子は、句集『軌跡』を出版した。この句はそこから見つけたものである。そのあとがきにも書いてあるのだが、この句集は松村育子の自分史である。そうした目からみると、彼女の性格のようなものが見えている句である。他にも世評の高かった句がひしめいている中で、あえてこの句を選んだのはそんな理由からである。

大正十四年、母親の生家のある新潟県柏崎市に生まれ、栃木県宇都宮市の下町で育つ。大正十四年は大正の最後の方で、かろうじて大正女性の慎ましやかさを矜持とする世代である。そして、多感な青春時代を、戦争の中で耐えることを強いられて通過している。

にも関わらず、ノラへの憧れを隠し持っているのは、父への憧憬に通じるものだろう。

あとがきで父親への思いをこんなふうに書いている。「父の生涯は名もなく貧しいものでした。逆境にあっても聖人君子の貌をしていました。呉服の小商人でしたが、根がお人好しで利にうとく、商売に向いていませんでした。病のあげく隻脚となり、自営業を断念した頃は、父はよく『この子が男だったらな。』と私を見て嘆いたものです。（中略）私が父に固執するのは、人間形成に父の存在が大きかったからです…」。

女性にとって父親の存在は大きく、人間形成に大きく関わってくる。「この子が男の子だったら」という父親の述懐も、作者は重く捉えていて、平凡な結婚生活を感謝しながらも、これでいいのだろうかという反問が常にあった。それは昭和四十六年の『川柳研究』年度賞の作品、

糸吐いて吐いて女が褪せていく

にも窺うことができる。この句には、四十代の女性の心情が吐露されていて、共感を呼ぶ。

ご承知のように、ノラはイプセンの戯曲『人形の家』のヒロインで、女性の社会的目覚めを象徴する存在として、しばしば川柳作品に登場している。句集『軌跡』の中にも、ノラを詠んだ句がもう一つあった。

ノラの目の死角で睦み合う小芥子

ここでも、前の句同様、自分の現在位置を再確認しているようである。小さな存在ながら、確たる位置を確保している小芥子に、屈折した作者の思いが沈んでいる。

ノラの挙を可としながらも、現状に甘んじる作者の思いは、青春時代に耐えることを強いられたことと、無縁ではないだろう。五十年前をいまだに引き摺っているのである。

戦争の犠牲を今更論じても詮ないことながら、時代を経ても消えることのない傷跡を、心の奥にとどめている世代のドラマは、まだ続いているのである。

二合では多いと二合飲んで寝る

村田　周魚

この句の作者・村田周魚は、のちに六大家とか六巨頭と言われる一人に数えられ、今日の川柳隆盛の基礎を築くことに大きく貢献した人である。

その足取りを追ってみる。

明治二十二年十一月、東京市下谷区車坂町（現台東区上野）に生まれる。本名は村田泰助。雅号の周魚はその本名をひねったものである。東京薬学校を卒業して、病院薬局長、警視庁衛生部を経て、薬業界新聞を経営する。柳歴は父親が俳句をやっていたことから、早くから短詩文芸に親しみ、鯛坊の名で川柳に手を染める。柳樽寺同人から、大正九年の八十島可喜津《かきつ》（勇魚《いさな》）、水島不老などと「きやり吟社」を興し、顧問となる。昭和二年に鯛の字を二つに分けて周魚と名乗る。昭和九年に社人組織にして主幹となる。その後の終戦直前の雑誌統制や紙不足の中でも、『きやり社報』と名を変えて発行し続け、昭和四十二年四月に亡くなるまで『きやり』一筋の生涯を貫いた。享年七十七である。

周魚の句風は「凡の中の非凡」を持論として、平明で分かり易いのが特徴である。また日常茶飯を唱えて、雑詠欄も「日常茶飯」とし、生活に根差した作品を唱導し、自らもそうした句を発表し続けた。

掲出句は大正十四年の作品として、磯部鈴波の編集による『きやり五十年史』に紹介されている。

二合の酒は酒量としては決して多いとは言えないが、晩酌として常識的な所ではないだろうか。二合の酒を多いと自覚するのはそれが家庭であるからで、本当に寛いでしかも、旨いと感じられる分量として報告し、この句を読む人をも納得させている。

二合では多いと自覚しながら、なぜ二合飲んだのだろうか。その背景に興味がある。ここからは憶測を出るものではないが、それがまた川柳を鑑賞することの醍醐味ではないかと思う。私は何かいいことがあって、いつもなら一本で切り上げるのを、もう一本追加したのではないかと思う。そのいいことは…。周魚は大正十年に、岡山県生まれの久部波野と結婚している。この頃に子どもが生まれたとしても不思議ではないのである。そんな句の背景を想像すると楽しくなってくる。

川柳は十七字の短い詩型である。句の解釈は想像力で膨らませて読むことも必要であり、そうしなければ句の深みを汲み取ることが出来ないと思う。

村田周魚は上野東照宮境内に「盃を挙げて天下は廻りもち　周魚」の句碑があるが、昭和三十二年に建立された、向島の牛島神社にも句碑がある。一度見学に行くことをお勧めしたい。どちらも桜の名所として知られている。

大阪はよいところなり橋の雨

岸本　水府

子どものころ、父の肩や足をよく揉んだ。父は肩を叩かれるのを嫌い、子どもたちによく揉ませていた。農閑期には、荷車で材木の運搬という力仕事をしていたので、人より肩や足を凝らせていたのではないかと思う。そのころ肩の凝りをほぐすのに鉈を用いる人もいた。これは鉈をそのまま使うのではなく、刃の部分を手拭いで包んで、それを疑った部分に当てて揉むようにすると、肩の凝りがほぐれるのである。鉈の刃の鋭さが手拭いで覆われることによって当たりが柔らかくなり、そのクッションを通しての、刃先の硬さが心地よかったのではなかろうか。

川上三太郎を剃刀とするならば、岸本水府はけっして鉈ではない。鉈の刃先を手拭いで包んだ、芯のあるあの鉈の柔らかさである。才走った鋭いものを両者とも持っていたが、その醸し出す雰囲気は大坂と江戸との違いのようにも思える。水府作品の当たりの柔らかさは、人柄によるものだが、その人柄を作ったのは、大阪という風土が培ったものも大きいのではないだろうか。

岸本水府は明治二十五年、三重県鳥羽に生まれる。本名は龍郎。大阪成器商業を卒業して、新聞記者を経験したのち、寿屋、福助足袋、江崎グリコなどの広告部で、現在のコピーライターのような仕事をしていた。川柳との出会いは十七歳。成器商業時代に水府丸で『ハガキ文学』や『文章世界』の投稿でデビューする。明治四十三年に水府と改号する。その後、西田當百に師事して、當百の関西川柳社の旗揚げに加わり、大正二年には『番傘』の創刊に加わる。當百引退後に代表となり『番傘』時代を築く。

昭和三年に「本格川柳」を称える。

「伝統川柳――実にイヤな言葉である。誰がこんな名をつけた。伝統川柳に近代のおもひを加へた一句をモノする一党！　本格川柳――本格川柳――僕たちは本格川柳と呼ぼう」（昭和五年『番傘』十一月号）

昭和の始めごろは新興川柳が盛んであり、従来の川柳を既成川柳とか、伝統川柳などと言っていかにも古めかしいもののような印象を与えていた。水府の「本格川柳」はそうした古めかしいものではなく、だからと言って難解性を売物にした、新しがり屋に同調するものではない、という姿勢を示したかったのである。昭和四十年八月に亡くなるまで『番傘』の水府で一生を終える。水府の本格川柳は現在の『番傘』に引き継がれている。

水府は大阪を愛し、大阪の句をたくさん残している。そして大阪は橋の街として知られている。水府は大阪の橋をたくさん詠み「友だちはいいものと知る戎橋」など、大阪を愛したことの証のようにしている。提出句は、雨によってしっとりとした大阪の雰囲気を伝えている。

パチンコ屋　オヤ　貴方にも影がない

中村冨山人

この句は昭和二十七年『鴉』八号に発表されたものだが、ここでは、昭和五十六年にナカトミ書房から刊行された『中村冨二・千句集』から転載した。

冨二の作品の中でも、この句は特に人口に膾炙された作品で、多くの人の知るところである。「オヤ」の前後が、一字空きになっているのもそのままにした。この作品が、あちこちに引用されたり、転載されたりしているが、いずれもこの一字空きは省略されている。冨二の作品には、一字空きで書かれた作品が多い。少し寄り道になるが、一字空きの効果について触れてみたい。

作句技法に分かち書き(多行書き)や一字空きなどがあるが、一字空きは俳句の切れ字と同じ働きをさせるためのものである。一字空けることで、次の言葉の展開が大きく飛躍できるのだ。この句も「オヤ」の前後を空けることで、次の「影がない」ことの驚きへ効果的に繋がる。

尾藤三柳氏は一字空きについて『川柳作句教室』で「鼓の音と音のあいだのピーンと張りつめた沈黙にも似たこの間(ま)は、論理的に補足できる空間ではなく、はじめから「無」として置かれた空間である。」と説明している。

冨山人こと中村冨二は明治四十五年、横浜市に生まれる。大正十三年頃、横浜商業学校在学中より、冨山人の名で新聞などに投句を始める。昭和六年『川柳みみず』同人を手始めに、川柳にのめり込んでいく。戦後『白帆』を経て、二十六年に新進気鋭の川柳人を集めて『鴉』を創刊、『川柳ジャーナル』の運営に参加するなど、川柳界に新しい波を起こす。昭和四十七年、川柳とaの会を結成、川柳誌『人』を創刊するも、昭和五十五年に胃癌で亡くなる。川柳を革新することに生命を燃やしてきた富二は、革新的で技巧的な作品をたくさん遺し、若い革新の旗手を育てた。

戦後の間もない頃、日本のいたるところに戦争の傷跡が残っていた。そんな瓦礫の中で、パチンコ屋だけが、敗戦により価値観が逆転して、絶望的になっている国民の魂を慰める唯一の存在として、日本のあちこちで軍艦マーチを奏でていた。よく見れば、パチンコ屋でパチンコ玉を追っているどの人にも、影がないではないか。影はその人の主体性を表すものとして表現されている。マッカーサーを頂点とする占領軍が支配している日本で、日本人の誰もが、影を持っていなかったのは当然だったのである。

中村富二は昭和二十六年頃、川崎市でパチンコ店を経営していたという。店の奥で店に来るお客を、川柳家の眼で見ていたのである。

恋人の膝は檸檬のまるさかな

橘高　薫風

作者の橘高薫風は、平成十三年の春の叙勲で木杯一組台付を授与された。これは永年の川柳界への功績へ与えられたものである。大正十五年に尼崎で生まれ、平成十七年死去。

その業績を振り返ってみれば…。

昭和三十年より川柳を作り始め、同三十二年からは麻生路郎に師事して、厳しい薫陶を受ける。路郎の主宰する『川柳雑誌』の編集を手伝いながら、ひたすら師の川柳思想を具現化していく。昭和四十年に路郎亡き後、その遺志を継ぐために川柳塔社を興して、組織の再編成に努力する。中島生々庵、西尾栞主幹のもとで編集部門を受け継ぐ。編集長、副理事長、理事長を経て、平成六年、西尾栞亡き後主幹に就任する。そして平成十二年十月、河内天笑に主幹の座を譲り、名誉主幹に就任。

昭和三十七年に初句集『友情』をはじめに、同四十年に句集『檸檬』、同四十八年に句集『肉眼』、同六十一年には句集『愛染』を出版する。平成七年にはその集大成として『古稀薫風』を上梓した。また叙勲を記念して句集とエッセイ集が企画され、平成十三年にその句集『橘高薫風川柳句集』が発刊された。昭和五十三年には三条東洋樹賞を受賞。平成五年には香川県白鳥町に〈島ひとつ買うて暮らせば涼しかろ〉の句碑を建立した。

人柄も穏やかで決断力があり、友情に厚いところがある。私は『川柳入門事典』でお世話になって以来の短かいお付き合いだったが、その気配りと義理堅さには敬服していた。

若い頃、肺結核で右肋骨八本を切除した上、昭和四十五年には胃潰瘍で、胃を半分切除した。そんな傷ついた身体で、なかなか肥れないでいる。背が高いので、余計にスマートさが際だってしまう。その一見か細い体つきにも関わらず、川柳への情熱は人一倍強く、芯には強いものが貫いているようである。

行儀よく座ったミニスカートからこぼれた膝もかわいいけれど、スカートに包まれてはいても、親しさを増してきた恋人の膝の丸さには、甘えと、恋人同志の恥じらいが、初々しく伝わってくる。演技のない青春の健康的なエロティシズムがある。

文法的には「かな」は詠嘆の助詞で、俳句とか川柳では切れ字として用いられている。ことに俳句に多用され、切れ字や詠嘆など効果的に使われている。川柳でも上手に使っている人がいる。この場合も「…（恋人の膝は）丸くてかわいいなあ」といずれの世代にも、そして男女をとわず支持されそうな明るさがある。

しかし美人と思うつめたさ

下村　梵

十四字詩が川柳であるかないかという議論がある。これは川柳をどう理解するかにかかっている。川柳が初代川柳点や『誹風柳多留』をその起源とするならば、やはり十四字詩は川柳の範疇に入ることはないだろうが、川柳の起源を俳諧の平句にまで遡れば、十四字詩も川柳として迎えてもいいのではないかという根拠にはなる。川柳も俳句もそして十四字詩も、俳諧を母体としている。殊に川柳と十四字詩は同じ平句で、長句と短句の違いだけである。それを考えれば川柳と考えていいのではないかと思うのだが、川柳は十七音の定型であるという概念はすでに定着してしまっている。これを崩すことは難しい。十四字詩が新しいジャンルとして一本立ちするには、まだまだ地盤が緩いばかりでなく、後ろ楯の作品も少なく、議論も定着していないのが現状である。しかし七・七の、小鼓のようなリズム感と人情の機微に触れた作品は、川柳より気品があり、めりはりのはっきりしたところは、新しいジャンルとして立ち行けることを匂わせている。

川柳のバイブルが『誹風柳多留』であるとすれば、十四字詩のそれは『誹諧武玉川』である。『誹諧武玉川』は俳諧の高点付句集で、寛延三（一七五〇）年に初篇が板行されている。『誹風柳多留』に先立つこと十五年である。そういうことからすれば十四字詩は川柳の兄貴と言えなくもないが、現実はその逆の印象である。この『誹諧武玉川』の六割は七七の短句であると言われている。

津浪の町の揃ふ命日　初篇

腹の立つとき見るための海　初篇

明治に入って初期の『誹風柳多留』が見直されると『誹諧武玉川』の作品にも光が当たり、七七句を独立した形で手がける人が出てくる。六大家と言われる人たちの十四字詩は、川柳作品と並べて掲載されていることが多く、ごく普通に作られ、受け入れられていたようである。

戦後の十四字詩は新潟の下村梵の『武玉川』に始まる。この雑誌は昭和四十四年に創刊号が出る。『誹諧武玉川』の研究から十四字詩作品の掲載を積極的にするなど、十四字詩作家たちが作品を競っている。残念ながらこの雑誌は梵の健康上の理由から昭和五十年、十八号で休刊したままである。

明治期の川柳改革の一方の旗頭である阪井久良伎は、江戸風に拘わって孤高を楽しんだきらいがある。下村梵もそんな偏屈に似たプライドを持っている。今回取り上げた作品もそんな匂いがする。すこし構えていて、現在ならセクハラと取られそうな、すれすれの危うさが魅力的である。眉が太く輪郭のはっきりした隈取りのある歌舞伎絵に似ていて、そこに現代性を見つけることが出来る。

タンポポに春が溶けてる陽の真下

田中　白牧

この句を書いた田中白牧は大正三年生まれで、平成二十二年に九十五歳で逝去。埼玉県内では最長老の一人として晩年まで句会や雑誌の第一線で活躍し、その作句意欲は衰えることを知らなかった。句に論に鋭い切り口を失わないでいた。

その華やかな柳歴の一端を紹介すれば、昭和八年頃から新聞や雑誌に投句を始め、昭和二十五年に川越初雁川柳会に所属する。本職が教職であることから、雅号を白墨とした。その後は川柳研究社幹事、川柳きやり吟社社人、東都川柳長屋連店子などを経て、埼玉川柳社同人、川柳人協会会員、埼玉県川柳協会幹事など、活躍の場を広げた。昭和五十年、川越女子高等学校退職を機に雅号を白牧と改め、住まいも故郷の川本町に移し、地域の川柳会の指導にも力を注いだ。

天は二物を与えずと言うが、白牧は絵もよくし、斎藤克己の下で水彩画を学び、大潮会に所属して本格的な柳画・俳画を画いている。

この句は、昭和六十年に上梓された、川柳句画集『花と人間と』に掲載されている作品である。

この『花と人間と』は、白牧の絵と川柳の両方の才能を花開かせた作品集で、白牧の多才振りを教えてくれるものである。絵がふんだんに添えてあり、カラーページも十二ページある、贅沢な作品集である。

白牧の絵には川柳作品同様、温かい人柄をしのばせるほのぼのとした味わいがある。花の絵が多いが、ユーモアたっぷりで愛嬌をふりまいている絵もあり、真面目一方な白牧さんの別の面を覗かせている。残念ながらこの句には絵が付いていないが、作者お気に入りの一句である。

タンポポは蒲公英とも書く。今では難しい読みの部類に入るだろう。

そのタンポポはキク科タンポポ属の多年草で、春に黄色または白色の花をつける。実は小さく頂に白色の冠毛があり、風に乗って飛び散る。タンポポの綿毛である。軽いので風のない日でも、ふわふわと光りながら飛んでいく。そのさまは春の陽が溶けていくような錯覚すら覚えるほど、長閑な光景である。この句もそれをそのまま句にまとめていて、中七から下五への言葉の流れに無理がなく、ストレートに共感出来る。

この句は春の長閑さを伝えているが、この句の他に白牧さんお気に入りの花の句を二句いただいている。その二句もまたきれいな句である。もったいないので紹介だけしておきたい。これも絵を付けられないのが残念である。

鹿の子百合裸身を恥じず夏謳歌

紫式部秋を誇示する珠の色

夢のある皿を数えて子育て記

成田　孤舟

靴下が強くなったのは戦後の日本の特色であるが、強くなったのは靴下ばかりではない。電化製品の充実や技術革新の目覚ましさは、働くことしか知らなかった日本人に、現実的な夢をたくさん与えてくれた。それは紛れもなく「夢のある皿」を揃えてくれたことになる。

そして豊かになったところで、自分の子どもの教育には、お金も時間も惜しまず、親の果たせなかった夢を子どもに託して実現させようと躍起になっている。ここにも「夢のある皿」を並べたことになる。しかし所詮夢は夢、いずれ覚めるときがやってくる。が、それはあとの話、いまは子育てのフルコースの皿を楽しんでいる最中である。

この句は表面的にはバブルが弾ける以前の、平均的日本の一面を肯定的に表現しているが、作者が感じている漠然とした不安のようなものが「子育て記」と、間接的に批判の刺を丸めている。そこに作者が生きてきた時代を感じる。

作者の成田孤舟は昭和五年三月、秋田県藤里町に生まれる。同二十三年には、地元の新聞に投句をはじめたというから、比較的早い川柳への目覚めでもある。『すげ笠』『杜人』『しなの』等への投句。その後は北海道に渡り、句会に出席しはじめる。そして昭和三十年に東京に出てくる。三十二年に『白帆』

の同人となり、四十七年には主幹となる。『白帆』は昭和二十二年に創立され、平成十四年十一月に創立五十五周年の記念大会が行なわれた、歴史ある吟社である。『白帆』の句風は革新的でありながら、伝統の良さを心得ているところに魅力があり、主幹の人柄と併せて、人が集まってくるのだと思う。

孤舟率いる同人群は「白帆軍団」などと言われて、その不沈艦ぶりの活躍が各地の句会大会で、取り沙汰されている。その総帥として大きな指導力を発揮している。

平成八年には句集『風の四季』を上梓した。この句集は『白帆』五十周年の節目に併せて、その前の年に発行されたものである。その中から何句か拾い出してみる。作者の別の面が見える。

四面楚歌春は暦の上にある

銃少し軽いエキストラの歩調

街渇ききって散水車はピエロ

酔ってなお　わがプライドを偽装する

一日を妻の予感に縛られる

ものの見方は常識的ながら、それを心得ていてさりげなくはぐらかすのは、大人だからである。人生の浮き沈みを見てきた達人であり、川柳に関しても手だれの中にあって、常に存在を明らかにしてきたことの、集大成でもあるのだとしみじみと思った。

味噌汁は熱いか二十一世紀

田口 麦彦

作者の田口麦彦は昭和六年、北米カリフォルニア州アラメダ市に生まれ、現在熊本市にお住まいである。その熊本に本拠を置く『ふんえん』の副主幹でもある。

この句は平成元年に発行された、川柳句集『昭和紀』に掲載されている。昭和六年に生まれた作者にとって、昭和史はそのまま自分史である。したがって『昭和紀』は田口麦彦と昭和の集大成という位置づけが出来る。

作者も句集のあとがきで、「『昭和紀』という句集の題名も、昭和世紀ともいえる戦争と平和の歴史の時間を生きながらえ、昭和を記録しておくべき責任を負わされたと思っている一人の人間の執着心がつけさせてしまったものだと思います」と言い、さらに「今回は平成元年の現在位置から昭和を回想するという姿勢をとりました」と結んでいる。

今から二十三年前である。この作品はそれ以前に作られたものと推定されるが、その頃すでに二十一世紀を意識していた作者の先見に驚く。ところがこの句集に二十一世紀という言葉は、この句の他に見当たらない。ちなみに世紀末の言葉はなかった。

田口麦彦にはたくさんの著作があるが、その中で平成十一年に発行された『川柳表現辞典』には「世紀末」も「二十一世紀」という項目もある。当時は盛んに言われてきているから無視出来なかったのだろう。十年という時間の経過もある。当然この句も載っている。その他には、

コンセント抜けば無力な世紀末　大家　北汀
二十一世紀のぞく眼鏡を丸くふく　赤川　菊野
二十一世紀のお話星の降る夜に　松崎　文女

と、そこはかとない不安を感じさせる世紀末であり、新しい世紀である。

平成十一年の末からミレニアムを迎えるに当たり、コンピュータの誤作動が心配されたが、事なきを得て笑い話で終わってしまった。しかし、作者がこの句で不安に感じていることは、すぐに答えの出ない問題である。

公害という言葉がいつ頃から使われ始めたかは不明だが、昭和三十年代には水俣病患者や四日市喘息患者が発見され、高度経済成長の歪みが、全国に散らばっていた。二十世紀が戦争の世紀であるならば、日本の戦後は公害の半世紀ではないだろうか。公害ばかりではなく、成熟社会に伴う人口の高齢化や、少子化も大きな問題になりつつある。新しい世紀に明るい展望が見えてこない。

いま当たり前と思っていることが、果たしてこれからも続いて行くのだろうか。熱い味噌汁を味わえる家族構成、あるいは食生活が保たれるのだろうか。そんな不安を打ち消すことは出来ない。作者がこの句で漠然と感じている不安が、現実味を帯びて来ているからだ。

かつてはあった路地の親切――あとがきに代えて

作品を理解するには、その作者の情報が多いほど、作品の理解の深度が深くなる。ときには知らないほうが多面的な理解ができる場合もあるが、作品の前に作者がいる。老婆心めいたこれまでの私の軌跡を紹介してみたい。

昭和十二年七月、中国は北京近くの盧溝橋付近での一発の銃口が火を噴いて、日中戦争が始まった。日本中が戦争一色に包まれる。そんな環境の中で生まれたせいか、同級生には勇ましい名前が多い。特に「勝」の字の名前が多かった。我が軟弱な本名が恥ずかしいくらいである。新潟県南魚沼郡石打村は、山に囲まれた山紫水明の土地柄である。

昭和十九年四月、石打村立上関国民学校に入学。昭和二十年八月十五日終戦。近くの神社で玉音放送を聴いたような気がするが、記憶は曖昧になっている。昭和二十五年、石打村立石打中学校に入学する。校舎はあるにはあったが、体育館はまだなく、体育館建設のために石運びを手伝ったこともある。この講堂兼体育館は、私たちが二年生の秋に完成した。しかしいまはここに校舎は残っていない。新しい体育館だけがあって、校歌の歌碑が立っている。

学校の図書館では子ども向けの伝記ものを好んで読んでいた。キュ－リ－夫人、野口英世、夏目漱石が印象に残っている。二年生の夏休みに吉川英治の『宮本武蔵』を、三年生のときに夏目漱石『門』を読む。家には講談本くらいしかなかった。

昭和二十八年、中学を卒業すると同時に上京する。北区の商店に住み込みで就職したが、一年で逃げ出す。そのまま母方の叔父の紹介で東京・千代田区の小さな印刷所に就職する。ここも住み込みである。神保町に近いこともあって、環境としては申し分なかった。そのころ都立上野高等学校の通信教育を受講して、スクーリングに行くのが楽しみであった。当時は通信教育で高校を卒業をするのは難しく、大学入学資格検定試験に合格するくらいしか道はなかった。その際、ここで履修した科目は試験を免除されるという特典があった。東京では上野高校しか門戸を開けていなかった。

昭和三十二年一月、ここで二年後輩が故郷に戻り、定時制高校に入学するつもりだけど、一緒に行かないかと誘われ、彼を追いかけるようにして、千葉県佐原市（現香取市）へ引っ越した。四月には地元の佐原第一高等学校の定時制に入学できた。紹介した彼の父親の世話で市内の印刷所に就職することができた。職場は午後五時半が定時であったが、それでは学校に間に合わないので、三十分早く出勤して五時に終業になるように取り計らってもらう。

最初、友人の実家に寄宿していたのだが、けっして広くない家でもあり、家族も多かった。その上お互いに気を使うので別の下宿先を紹介してもらう。給料が八千円で、下宿代が五千円である。しかも昼食の弁当つきである。いくら物価が安い時代といえ、犠牲的精神がなければ請け負えない金額である。そんなことが原因で、この年は四回も引越しをした。同じ家に二度お世話になったこともある。この年の八月に父親が亡くなったのだが、実家ではその連絡を何処へしたらいいのか分からず、国鉄へ勤めていた兄が佐原駅に問い合わせて、ようやく連絡が取れたというエピソードを残した。

給料が八千円で、下宿代が五千円、残りの三千円で授業料を払い、映画を観たり、着るものを買ったりするのだが、惨めな気持ちにはならなかった。結構映画も観たし、本を買うこともできた。

学校のクラブ活動では、最初文学部に席を置いたのだが、俳句ばかり作らされていたのですぐに辞め、コーラス部に移った。ここでも誰か一人変な声を出すのがいて、それが自分であることに気が付いて退部。再び文学部に戻る。このときは顧問の先生が変わっていて、ここで詩の手ほどきを受ける。卒業生と在学生を中心に『輪』という詩の同人誌を出したりした。五、六号で潰れてしまったが、たのしい高校生活を送ることができたし、のちに川柳を始めてから、そのことが良い影響を与えてくれたと思っている。

同級生はみんな三つか四つ年下だったが、年の差は意識することはなかった。いまでも何人かと交流がある。彼らは私をさんづけで呼ぶ。私は呼び捨てにしたり、君付けで呼ぶ。けっして威張っているつもりはない。

昭和三十六年、卒業して東京・北区の印刷会社に就職する。東京オリンピックを前に事業拡大の折でもあって、大量に採用していた。最初輪転機にぶら下がるようにしていたが、校正係にまわされる。寮に入って一緒に就職した同級生と同室になる。その彼とは今でも親交が続いている。

昭和四十一年、中学校の同級生の妹と結婚する。滝野川の四畳半がスタートである。勤め先の工場には二キロメートルほどなので、歩けない距離ではないが当時珍しいトロリーバスで通勤した。近くには都電も走っていてこれもよく利用した。トロリーバスは間もなく普通のバスになったが、都電はまだ現役で当時の面影を偲ぶことができる。

昭和四十四年に埼玉県大宮市の現住所に引っ越す。僅かな土地にうさぎ小屋にも満たない小さな家だが、ローンだけは確かな重さで肩にのしかかってきた。翌年に娘が生まれ、この地に骨を埋めるべく覚悟をする。

昭和四十八年二月に読売新聞の埼玉版に川柳教室の案内が載っていた。北浦和の労働会館の和室では一人のお年寄りを囲むようにして六、七人の男女がいた。ここで清水美江を知り、その後の川柳との関わりがスタートする。

振り返ってみると、長いような短いような、さまざまな思いが行き交う。これまでに書いたものを一本にまとめるにあたり、この一文を紛れ込ませることにした。

世の中多くはデジタルに変わったけれど、アナログ的路地の親切が忘れられないものになっている。

平成二十四年四月　　佐藤　美文

【著者略歴】

佐藤 美文（さとう・よしふみ）

昭和12年　新潟県石打村に生まれる。
昭和48年　清水美江に師事して川柳入門。
昭和49年　埼玉川柳社同人。
昭和53年　大宮川柳会設立。
平成 5 年　佐藤美文句集（詩歌文学刊行会）。
平成 9 年　川柳雑誌「風」を創刊。主宰する。
平成16年　「川柳文学史」（新葉館出版）。
　　　　　「風　十四字詩作品集」Ⅰ、Ⅱ編集・発刊。
平成20年　「風　佐藤美文句集」（新葉館出版）。
平成21年　「川柳は語る激動の戦後」（新葉館出版）。
　　　　　「川柳作家全集　佐藤美文」（新葉館出版）。

現在、柳都川柳社同人。（社）全日本川柳協会理事。
川柳人協会理事。新潟日報川柳欄選者。
川柳雑誌「風」主宰。埼玉県さいたま市大宮区在住。

川柳を考察する
かつてはあった路地の親切

○

平成24年8月17日　初版発行

著　者
佐　藤　美　文

発行人
松　岡　恭　子

発行所
新　葉　館　出　版
大阪市東成区玉津1丁目9-16 4F　〒537-0023
TEL06-4259-3777　FAX06-4259-3888
http://shinyokan.ne.jp/

印刷所
BAKU WORKS

○

定価はカバーに表示してあります。

ISBN978-4-86044-467-9